AF284044

Amies Haus ist das zweite Buch der Autorin. Ihr Debütroman *Ruhelose Seelen – Kann ein Verfluchter jemals glücklich sein?* erschien im Jahr 2018 (ISBN: 978-3748108917).

ILONA GALVAGNI

Amies Haus

PSYCHOTHRILLER

Bibliografische Information der Deutschen
Nationalbibliothek:
Die Deutsche Nationalbibliothek verzeichnet
diese Publikation in der Deutschen Nationalbib-
liografie; detaillierte bibliografische Daten sind
im Internet über dnb.dnb.de abrufbar.

Herstellung und Verlag:
BoD – Books on Demand, Norderstedt

ISBN: 9783753454603

*Für meine walisischen Freundinnen Julie
und Amie, die mich mit den Erzählungen
über das Spukhaus ihrer Kindheit zu diesem
Buch inspiriert haben und die mir erlaubt
haben, ihre Namen darin zu verwenden. **

Geschafft! Erleichtert richtete Julie sich auf, wischte sich die Hände an ihrer Jeans ab und rieb sich den schmerzenden Rücken. Der letzte Umzugskarton war ausgepackt, der letzte Schrank eingeräumt. Endlich war der Umzug geschafft.

Zufrieden blickte sie sich in der altmodischen, aber recht geräumigen Küche um. Ihre eigene Küche in ihrem neuen Zuhause. Das 1901 erbaute Herrenhaus hatte sie überraschend geerbt, von einer Großtante, von deren Existenz sie gar nichts geahnt hatte. Wobei sie die Bezeichnung »Herrenhaus« etwas übertrieben fand. Das Haus war zwar recht groß und auch definitiv ziemlich alt, aber nicht besonders herrschaftlich. Aber es hieß eben so. Maenor Tywyll. Das war Walisisch und bedeutete »Dunkles Herrenhaus«, auf Englisch »Dark Manor«. Den Namen fand sie etwas gruselig und sie versuchte deshalb nicht allzu viel darüber nachzudenken wie es wohl ursprünglich zu diesem Namen gekommen war. Dunkel war es auf jeden Fall und definitiv auch etwas düster. Außen und innen.

Da sie immer knapp bei Kasse war, war sie direkt eingezogen, ohne etwas renoviert oder modernisiert zu haben. Hauptsache sie sparte schon mal die teure Miete für ihre Wohnung. Renovieren konnte sie ja nach und nach.

Hier würde sie nun also wohnen. In dem winzigen Örtchen Gwyllin, irgendwo im Nirgendwo des nördlichsten Zipfels von Wales, in einem kleinen Tal, umgeben von rauer Natur und hohen Bergen. Daran würde sie sich erst noch gewöhnen müssen. Nach einer kleinen, aber völlig überteuerten Stadtwohnung mitten in der walisischen Hauptstadt Cardiff war das eine ziemliche Umstellung.

Als freiberufliche Übersetzerin konnte sie zum Glück von jedem Ort aus arbeiten, solange die Internetverbindung funktionierte. Was im Umkehrschluss bedeutete, dass sie anfangs leider nicht würde arbeiten können, denn diese Bruchbude verfügte nicht einmal über einen Telefonanschluss, geschweige denn über eine W-LAN-Verbindung. Das hatte sie leider nicht bedacht und als es ihr schließlich dämmerte, war die winzige 1-Zimmer-Wohnung in Cardiff schon gekündigt gewesen. Da war sie vielleicht wieder einmal, wie so oft, etwas voreilig und impulsiv gewesen. Aber die Aussicht auf ein großes, eigenes Haus inmitten einer romantischen Landschaft war einfach zu überwältigend gewesen.

Nun gut. Jetzt sparte sie also die Miete, hatte aber dafür auch bis auf Weiteres kein Einkommen. Sie konnte nur hoffen, dass hier bald Telefon- und Internetanschluss gelegt werden würden. Den Antrag hatte sie jedenfalls schon gestellt.

Erschrocken fuhr sie aus ihren Gedanken hoch, als es hinter ihr schepperte. Sie drehte sich um und seufzte als sie die alte, schon etwas rostige Suppenkelle auf dem Fußboden liegen sah. Siyah benahm sich hier also offenbar genauso schlecht wie in Cardiff, nur dass sie hier in diesem Haus sehr viel mehr Platz und Möglichkeit haben würde, Unsinn anzustellen. Darüber wollte sie lieber noch nicht nachdenken.

Siyah, ihre alte pechschwarze Katze, hatte sie als Kitten zu sich genommen als deren Mutter überfahren worden war. Sie hatte sich viele Nächte um die Ohren geschlagen und die Kleine mühevoll mit dem Fläschchen und Kätzchenaufzuchtmilch aufgepäppelt. Zum Glück hatte das Kätzchen überlebt und Julie hatte es Siyah getauft, weil das laut ihrer Recherche wohl das türkische Wort für »schwarz« war.

Julie liebte sie abgöttisch. Dennoch ärgerte es sie immer wieder, dass es der Katze völlig egal war, dass sie nicht auf der Küchenzeile und auf dem Küchentisch herumspazieren durfte. Sie tat es trotzdem. Manchmal hatte Julie sogar das Gefühl, sie tat es absichtlich und erst recht, weil sie ganz genau wusste, dass diese Flächen für sie tabu waren. Nun war Siyah aber auch schon 13 Jahre alt und wenn sie es ihr in 13 Jahren nicht hatte abgewöhnen können, würde sie das jetzt wohl auch nicht mehr schaffen. Sie hatte sich damit abgefunden. Die Katze hatte einfach den größeren Dickkopf. Da war nichts zu machen.

Just in diesem Moment kam Siyah stolz erhobenen Hauptes in die Küche spaziert und miaute lautstark nach ihrem Abendessen. Stimmte ja, die Fütterzeit war längst überschritten. Julie war so mit aus- und einräumen beschäftigt gewesen, dass sie jedes Zeitgefühl verloren hatte. Sobald sie Siyahs abendliche Futterration in den Napf gefüllt und auf den Boden gestellt hatte, kam die Katze auch sofort aufgeregt angerannt und begann zufrieden und unter lautem Schnurren zu fressen.

»Guten Appetit. Lass es dir schmecken. Dein erstes Mahl in unserem neuen Zuhause.«, sagte Julie und streichelte der Katze liebevoll über das dunkle Fell.

Julie streckte sich und gähnte herzhaft. Eigentlich sollte sie auch noch etwas essen. Nach diesem anstrengenden Umzugstag hatte sie ordentlichen Hunger, aber sie war viel zu müde, um es heute noch mit diesem altertümlichen Monstrum von einem Herd aufzunehmen. Diese Herausforderung würde sie auf morgen verschieben. Heute wollte sie nur noch ins Bett.

Erschöpft stieg sie die knarrende und knarzende Holztreppe ins obere Stockwerk hinauf. Die würde sie abschleifen und neu streichen müssen, ging ihr noch durch den Kopf, ehe sie in einen schweren, traumlosen Schlaf sank.

Verwirrt und irgendwo zwischen Schlafen und Wachen gefangen, schlug Julie die Augen auf. Um sie herum war es stockdunkel. Es musste also mitten in der Nacht sein, denn sie hatte vor dem Zubettgehen weder die vom Holzwurm durchlöcherten Fensterläden noch die mottenzerfressenen Vorhänge geschlossen und trotzdem drang nicht der kleinste Licht-strahl in ihr Schlafzimmer.

Warum war sie aufgewacht? Sie lauschte in die Stille und hörte gar nichts. Egal. Weiter-schlafen. Julie kuschelte sich erneut in die durchgelegene Matratze und zog sich die viel zu warme Daunendecke bis unters Kinn. Da hörte sie es erneut. Das Geräusch, das sie ge-weckt haben musste. Es klang wie....Schritte.

Schwere, schlurfende Schritte, die zwischendurch immer wieder in unregelmäßigen Abständen fest aufstampften. Und sie schienen von oben zu kommen. Aus der Zimmerdecke.

Was war dort oben? Eigentlich nur noch der Dachboden. War etwa jemand eingebrochen und suchte auf dem alten Dachboden nach möglichem Diebesgut? Durchaus denkbar. Das Haus wirkte von außen etwas heruntergekommen aus und hatte lange leer gestanden. Es gab keine direkten Nachbarn und sehr wahrscheinlich hatte noch niemand mitbekommen, dass das Haus seit heute wieder bewohnt war. Vielleicht waren es auch Jugendliche, die ihren Dachboden zum nächtlichen Treffpunkt auserkoren hatten?

Sollte sie die Polizei rufen? Ach, verdammt. Konnte sie ja gar nicht. Wie auch? Ohne Telefonanschluss und ohne Handysignal war das schwer möglich. Leise fluchend knipste sie die

Nachttischlampe an – ein grauenhaftes Ding aus einem ehemals vermutlich weißen, inzwischen aber schmutzig-vergilbten Stoff mit herunterhängenden Fransen. Sie schwang die Füße aus dem Bett, schlüpfte in ihre Hausschuhe und wickelte sich in den kuscheligen Morgenmantel, den sie schon für den kommenden Tag bereitgelegt hatte. Dann öffnete sie so geräuschlos wie möglich die Schlafzimmertür und horchte ins Dunkel. Für einen Augenblick hörte sie nichts, dann nahmen die Schritte wieder ihre Wanderung über den Dachboden auf.

Was sollte sie tun? Sie musste nachsehen wer da oben war, aber sie traute sich nicht. Was, wenn der Einbrecher bewaffnet war? Sie ging zurück ins Schlafzimmer und sah sich nach einer geeigneten Waffe um. Ihr Blick fiel auf den alten, offenen Kamin und das danebenstehende Kaminbesteck. Kurz entschlossen nahm sie sich den Schürhaken und ging unter dessen unerwartet großem Gewicht fast in die Knie. War der etwa aus Gusseisen? Sie hielt ihn mit beiden Händen und schlich zurück in den Flur. Dort verharrte sie kurz bis ihre Augen sich einigermaßen an die Dunkelheit gewohnt hatten. Das Licht konnte sie auf keinen Fall einschalten, sonst wäre der Einbrecher ja gewarnt.

Mit angehaltenem Atem und auf Zehenspitzen pirschte sie sich an die verstaubte Treppe heran, die zum Dachboden führte, und stieg sie hinauf. Dabei setzte sie ihre Füße in Zeitlupe auf, immer in der Sorge, das morsche Holz könnte brechen oder zumindest knarren. Doch zum Glück geschah nichts von beidem. Am oberen Ende der Treppe befand sich nochmals eine Tür. Diese war geschlossen. Doch dahinter hörte sie die schlurfenden Schritte, diesmal noch lauter. Sie kamen eindeutig von hier.

Julie holte einmal tief Luft, dann stieß sie mit einer ruckartigen Bewegung die Tür auf und rief: »Wer ist da?« Die Schritte verstummten abrupt. Sie war darauf gefasst, dass jemand auf sie zu und an ihr vorbeirennen würde. Dass vielleicht jemand versuchen würde sie niederzuschlagen oder zu überwältigen. Doch es passierte überhaupt nichts. Es war einfach nur still.

Mit zusammengebissenen Zähnen tastete Julie an der Wand neben der Tür nach einem Lichtschalter und fand ihn schließlich. Eine einsame, eingestaubte Glühbirne tauchte den Dachboden in ein träges Dämmerlicht. Naja, genau genommen eher in Schatten als in Licht. Und diese Schatten waren verdammt unheimlich. Zumal der Dachboden riesig wirkte. Julie verließ der Mut. Was sollte sei alleine gegen einen vielleicht kräftigen, männlichen Einbrecher ausrichten, der sich vielleicht irgendwo im Schatten oder hinter einer Kiste versteckte? Sie war gerade einmal 1,59 Meter groß und eher zierlich gebaut. Ihre Arme zitterten bereits unter dem Gewicht des Schürhakens, den sie nur mit größter Anstrengung noch halten konnte. Was machte sie sich da eigentlich vor? Sie hatte keine Chance. Und so änderte sie ihre Strategie.

»Passen Sie auf, wer auch immer Sie sind. Vermutlich wussten Sie nicht, dass dieses Haus bewohnt ist. Ich ziehe mich jetzt zurück und möchte Sie bitten, mein Haus sofort zu verlassen, sonst rufe ich die Polizei!«, rief sie in die Dunkelheit und gab sich alle Mühe, ihrer Stimme einen festen, entschlossenen, furchtlosen Klang zu geben. In Wahrheit machte sie ich vor Angst fast in die Hose. So schnell sie konnte flitzte sie zurück in ihr Schlafzimmer. Ohne den Schürhaken wäre sie viel schneller gewesen, aber den zurückzulassen war natürlich keine Option. Sie würde einem Einbrecher ganz sicher nicht auch noch eine Waffe überlassen, mit der er sie erschlagen konnte.

Zurück im Schlafzimmer drehte sie zweimal den Schlüssel im Schloss um und klemmte den Schürhaken so unter den Türknauf, dass dieser zusätzlich blockiert war. Suchend blickte sie sich im Zimmer um bis ihr Blick auf die kleine Kommode fiel, auf die sie zustürzte und die sie unter Aufbietung all ihrer Kraft vor die Zimmertür schob, um diese noch zusätzlich zu verbarrikadieren. Dabei zerkratzte sie den schönen alten Holzboden mit dem Rautenmuster, aber daran verschwendete sie keinen Gedanken.

Mit klopfendem Herzen drückte sie sich in die Zimmerecke und lauschte. Die Schritte waren nicht mehr zu hören. Sie glaubte nicht, dass jemand die Treppe vom Dachboden heruntergekommen war. Das hätte sie doch sicher gehört? Andererseits vielleicht auch nicht. Immerhin hatte sie beim Verschieben der Kommode ordentlich Krach gemacht und sich auch gar nicht auf Geräusche aus dem Treppenhaus konzentriert. Sie konnte nur hoffen, dass die Person – wer auch immer das gewesen sein mochte – ihre halbherzige Warnung ernst genommen hatte und verschwunden war.

Nachdem sie einige weitere Minuten, die ihr wie eine Ewigkeit vorkamen, gelauscht hatte, aber nichts mehr hörte, ging sie wieder ins Bett. Die Decke zog sie sich diesmal ganz über den Kopf. Sollte sich doch noch jemand im Haus befinden, wollte sie es lieber nicht wissen. Derjenige konnte gerne vom Dachboden mitnehmen was auch immer er wollte. Sie bezweifelte, dass sich dort oben irgendetwas Wertvolles befand. Wahrscheinlich vergammelten da oben nur alte Bücher, Koffer und kaputte Möbelstücke. Die konnte er gerne haben, wenn es ihn glücklich machte. Hauptsache er tat ihr und Siyah nichts.

An erholsamen Schlaf war in dieser Nacht nicht mehr zu denken. Aber kurz vor Beginn der Morgendämmerung fiel sie aus purer Erschöpfung in einen unruhigen Halbschlaf.

Als Julie am Morgen erwachte, war es draußen bereits hell. So hell es an einem typischen, verregneten Novembertag in Wales eben wird. Also dunkel genug, um den ganzen Tag über elektrisches Licht haben zu müssen. »Was für ein deprimierendes Wetter!«, murmelte Julie vor sich hin, als sie sich mit Rückenschmerzen aus dem Bett quälte, die dem Umstand geschuldet waren, dass sich eine der Sprungfedern halb durch die muffige Matratze gebohrt hatte. Sie würde in diesem Haus so vieles erneuern müssen, eigentlich nahezu alles. Fragte sich nur, wovon sie das bezahlen sollte. Die Einkaufsliste würde ziemlich lang werden. Eine neue Matratze stand definitiv ganz oben.

Ganz automatisch griff Julie wie jeden Morgen nach ihrem Morgenmantel. Heute griff sie jedoch ins Leere, denn nach ihrer Flucht vom Dachboden in der vergangenen Nacht hatte sie den Morgenmantel gar nicht wieder ausgezogen, sondern war darin eingekuschelt ins Bett gekrochen. Nur die Hausschuhe hatte sie noch von den Füßen gestreift. Mit einer Hand auf die schmerzenden Lendenwirbel gepresst bückte sie sich danach, um sie anzuziehen. Dabei fiel ihr Blick auf die Nachttischlampe und sie stutzte. Sie war sich einigermaßen sicher, dass sie sie nicht wieder ausgeschaltet hatte, trotzdem war sie aus. Vielleicht war die betagte Glühbirne durchgebrannt? Oder es gab gerade einen Stromausfall. Das wäre wirklich keine Überraschung. Es wunderte sie, dass die uralten Stromleitungen in diesem Haus überhaupt funktionierten und dass sie die Lichtschalter betätigen konnte, ohne damit einen Brand auszulösen. Jede Wette, dass es hier keinen Sicherungskasten gab.

So langsam fragte sie sich, was sie sich dabei gedacht hatte, dieses Erbe nicht nur anzutreten, sondern auch noch in dieses Haus einzuziehen. Vermutlich hatte sie gar nichts gedacht. Jedenfalls nichts Sinnvolles. Auch das kam bei ihr öfter vor. Sie schüttelte den Kopf über sich selbst. Manchmal spazierte sie wirklich so naiv und gedankenlos wie ein Teenager durchs Leben und wunderte sich dann, wenn sie von einer Katastrophe in die nächste stolperte. Aber so war sie eben. Das Chaos in Person.

Bei Tageslicht war die Nachttischlampe tatsächlich noch hässlicher als nachts, falls das überhaupt möglich war. Die musste auf jeden Fall weg. Wahrscheinlich hatte sich darauf der Staub von Jahrzehnten angesammelt. So sah es jedenfalls aus. Vom Staubwischen schien ihre Großtante nicht viel gehalten zu haben.

Julie streckte die Hand nach dem Schalter der Nachttischlampe aus und betätigte ihn. Sofort leuchtete die Birne auf. Hmm, also kein Stromausfall und auch kein durchgebrannter Glühfaden. Wahrscheinlich hatte sie das Licht in der Nacht doch ausgeknipst und konnte sich nur nicht mehr daran erinnern.

Bis sie die schwere Kommode wieder von der Tür weggeschoben hatte, hatte sie sich selbst mehrfach verflucht und kam sich albern und lächerlich vor, wenn sie daran dachte, wie sie sich in der vergangenen Nacht benommen hatte. Vermutlich war gar niemand auf dem Dachboden gewesen. Höchstens vielleicht ein verirrtes kleines Wildtier, dessen Geräusche in der nächtlichen Stille unnatürlich laut übertragen worden waren. Oder sie hatte einfach nur geträumt.

Als sie jetzt bei eingeschaltetem Deckenlicht die staubigen Stufen zum Dachboden untersuchte, sah sie jedenfalls nur ihre eigenen Fußspuren. Sollte da eine zweite Person gewesen sein, hätten deren Schuhsohlen exakt dieselbe Größe, Form und dasselbe Muster wie ihre eigenen haben müssen und sie hätte auf den Millimeter genau in ihre eigenen Fußspuren treten müssen. Das schien ihr doch sehr unwahrscheinlich.

Aber vielleicht gab es auf dem Dachboden ein Fenster und der Eindringling hatte sich mit Hilfe einer Leiter Zutritt verschafft? Das wollte sie jetzt wissen, weshalb sie mit entschlossenen Schritten zum zweiten Mal innerhalb weniger Stunden zum Dachboden hinaufstieg. Das Licht brannte noch, aber um hier oben wirklich etwas sehen zu können, würde sie mit einer Taschenlampe oder einer anderen hellen Lichtquelle zurückkommen zu müssen. Ein Fenster gab es hier jedenfalls nicht. Soviel konnte sie ausmachen. Die logische Schlussfolgerung daraus war, dass sie die ganze Nacht alleine mit Siyah im Haus gewesen war und sich die Geräusche vom Dachboden nur eingebildet hatte. Sie hatte schon immer eine lebhafte Phantasie gehabt und in diesem alten, ihr noch nicht vertrauten Haus ging sie offensichtlich mit ihr durch.

»Meine Güte, Julie! Bist du bescheuert!«, schimpfte sie mit sich selbst, löschte das Licht, drehte sich um, schloss die Tür hinter sich und stieg die Treppen hinunter bis ins Erdgeschoss. Sie brauchte erst einmal eine starke Tasse Tee und ein Frühstück. Zum Glück hatte sie gestern den Vorratsschrank bis zum Anschlag aufgefüllt. Der nächste Laden war ein ganzes

Stück entfernt und sie hatte keine Lust diesen Weg täglich auf sich zu nehmen, wenn es nicht unbedingt sein musste. Für die nächsten Tage war sie ausreichend mit einer guten Auswahl an Lebensmitteln versorgt.

Und natürlich auch mit Katzenfutter. Siyah saß bereits ungeduldig vor ihrem Napf und begrüßte sie mit einem vorwurfsvollen Maunzen.

»Guten Morgen, Siyah.«, begrüßte Julie ihre Katze, während sie sich beeilte, dem Haustiger das verlangte Futter zu servieren. »Tut mir leid, dass du so lange auf dein Frühstück warten musstest, meine Süße. Ich hatte eine furchtbare Nacht. Du auch? Wo warst du denn eigentlich? Hast du hier unten geschlafen? Du hast nicht zufällig einen Einbrecher hier gesehen, was?«, redete sie auf das Tier ein. Schade, dass Siyah ihr nicht antworten konnte.

Nachdem sie sich eine große Tasse starken schwarzen Tee aufgebrüht und mit drei gehäuften Teelöffeln Zucker gesüßt hatte, holte sie Milch, Eier und Speck aus dem Kühlschrank. Als sie jedoch die gestern frisch gekaufte Milchpackung öffnete, verzog sie angeekelt das Gesicht. Die Milch war sauer. Wie war das denn passiert? Sie war doch gut gekühlt gewesen. Vielleicht hatte der Deckel nicht richtig geschlossen. Ärgerlich. Sie würde also heute doch nochmal Einkaufen fahren müssen. Jedenfalls wenn sie die nächste Tasse Tee mit Milch haben wollte.

»Geht zur Not auch ohne.«, sagte sie schulterzuckend zu sich selbst und nahm einen großen Schluck der heißen Flüssigkeit. Sofort fühlte sie sich besser. Wenn sie erst noch eine ordentliche Portion Rührei mit Speck und dazu eine Scheibe frisches Brot im Magen hätte, wäre sie bereit für den Tag.

Julie ging zu dem Küchenschrank, in dem sie ihre Töpfe und Pfannen verstaut hatte und nahm eine passende heraus. Erschrocken und angewidert ließ sie sie fallen und hatte Glück, dass die Pfanne ihren kleinen Zeh um einen Millimeter verfehlte. Ein gebrochener Zeh hätte ihr gerade noch gefehlt. Aber in der Pfanne lag eine tote Maus. Oder besser gesagt: In der Pfanne hatte eine tote Maus gelegen. Jetzt lag sie neben der Pfanne auf dem Boden.

»Ekelhaft!«, schüttelte sich Julie. Wenn sie sich vor etwas ekelte, dann waren es Mäuse und Ratten. Wie viele es davon in diesem alten, nicht isolierten Haus wohl geben mochte? Ein weiterer Punkt, über den sie sich keine Gedanken gemacht hatte. Und ein weiterer Punkt auf ihrer Einkaufsliste: Mausefallen.

Wie war die tote Maus aber in die Pfanne gekommen? Lebendig hineingeklettert und dann an einem plötzlichen Herzinfarkt gestorben?

Komisch. Sie hoffte inständig, dass sich ein solcher Vorfall nicht wiederholen würde. »Nächstes Mal sterbt ihr gefälligst draußen!«, erteilte sie eine strenge Anweisung an alle anderen Mäuse und Ratten, die sich noch im Gebäude befinden mochten.

Siyah, die ihr Frühstück inzwischen beendet hatte, kam neugierig herbei um zu sehen, warum ihr Mensch einen solchen Lärm veranstaltete. Julie zeigte auf die Maus: »Brave Katze. Los, weg mit der Maus!«, sagte Julie und zeigte auf die Maus. Sie hegte die absurde Hoffnung, dass Siyah die Maus ins Maul nehmen, aus dem Haus bringen und draußen irgendwo ablegen würde. Fressen sollte sie sie nach Möglichkeit nicht. Siyah dachte aber gar nicht daran, sie schnupperte nur kurz an der Maus, sprang mit einem großen Satz zur Seite und rannte aus dem Zimmer.

»Du hast auch einen Knall.«, stellte Julie leidenschaftslos fest, ehe sie sich auf die Suche nach einem Kehrset machte, um die Nagerleiche zu entsorgen. Die »verseuchte« Pfanne wanderte gleich mit in die Mülltonne. Alle anderen Töpfe und Pfannen waren nach eigehender Inspektion zum Glück mäusefrei und eine halbe Stunde später lehnte Julie sich satt und zufrieden auf dem Küchenstuhl zurück. Jetzt brauchte sie erst einmal eine heiße Dusche und dann würde sie ihre To Do Liste in Angriff nehmen.

Als sie den vergilbten Kunststofflichtschalter in dem kleinen, fensterlosen Badezimmer einschaltete, dauerte es einen kurzen Moment bis der Raum in ein grelles, künstliches Licht getaucht wurde. Nach einem prüfenden Blick zur Zimmerdecke runzelte Julie unwillig die Stirn. Eine einfache, hässliche Leuchtröhre.

Auch die musste weg. Noch vor der Nachttischlampe und direkt nach der Matratze. Diese Leuchtröhren neigten immer dazu zu flackern, was bei Julie Migräneattacken auslöste. Ein weiter Punkt auf ihrer Einkaufsliste. So langsam sollte sie einmal anfangen, die Liste wirklich auch schriftlich zu führen. Bald würde sie sich das alles nicht mehr merken können.

Sie hoffte nur, dass diese Leuchte überhaupt für feuchte Räume geeignet war. Immerhin verfügte dieses Badezimmer weder über ein Fenster, noch über eine Lüftung oder einen Entfeuchter. Als das Haus zu Beginn des 20. Jahrhunderts erbaut worden war, hatte man sich über derlei Dinge noch keine Gedanken gemacht oder machen müssen und später war offenbar immer nur das Nötigste modernisiert worden.

Vielleicht war es in den anderen Badezimmern besser. Ein solches Haus hatte natürlich nicht nur ein Badezimmer, sondern mehrere. Julie hatte sich diesmal für dieses bestimmte entschieden, da es als einziges über eine Dusche verfügte. Es gab noch das größere Hauptbadezimmer mit einer großen, altmodischen Gussbadewanne auf Löwenfüßchen, die Julie bei nächster Gelegenheit ausprobieren wollte, sowie ein winziges Gäste-WC, in dem sich nur eine Toilette und ein Waschbecken befanden.

Julie drehte in der Dusche das Wasser auf und versuchte es auf eine akzeptable Temperatur einzustellen. Natürlich gab es keine Mischbatterie, sondern zwei separate Drehknöpfe für heißes und kaltes Wasser. Zunächst kam nur eiskaltes Wasser, das außerdem einen leicht rötlichen Schimmer hatte. Julie seufzte. Wahrscheinlich waren die alten Rohre verrostet. Hoffentlich würden die nicht brechen. Ein Wasserrohrbruch hätte ihr gerade noch gefehlt. Alle Rohre im Haus erneuern zu lassen, würde sie ein Vermögen kosten. Das wollte sie so lange wie möglich aufschieben. Zudem war sie sich gar nicht sicher, inwieweit Renovierungsmaßnahmen überhaupt so ohne Weiteres möglich waren. Sie meinte sich zu erinnern, dass der Notar bei der Testamentsvollstreckung etwas von »Denkmalschutz« gesagt hatte. Aber da hatte sie wieder einmal nicht richtig zugehört, weil das Vorlesen des Testaments schon ewig gedauert hatte, so langweilig gewesen war, dass sie hatte gähnen müssen, und weil sie von den verdrehten Sätzen in feinster Juristensprache sowieso nur die Hälfte verstanden hatte.

Das Badezimmer hatte natürlich auch keine Heizung, sodass Julie sich beeilte, aus Morgenmantel und Pyjama zu schlüpfen und so schnell wie möglich unter die inzwischen hoffentlich warme Dusche zu kommen. Doch mitten in der Bewegung hielt sie inne, weil sie sich beobachtet fühlte. Das war natürlich völlig absurd, denn abgesehen von Siyah war ja niemand da und die Katze war ihr definitiv nicht ins Badezimmer gefolgt.

Aus dem Augenwinkel meinte sie eine Bewegung im Spiegel zu sehen und drehte sich schnell um, sodass sie frontal in den Spiegel schaute. Sie sah nichts außer ihrem eigenen Spiegelbild, bildete sich aber ein, für den Bruchteil einer Sekunde in der rechten unteren Ecke des Spiegels eine wehende braune Haarsträhne gesehen zu haben, die dann aus dem Spiegel verschwunden war. Julie musste über sich selbst lachen. Sie hatte eindeutig zu viel Phantasie. Wenn da eine Haarsträhne zu sehen gewesen war, dann natürlich ihre eigene. Logisch, dass ihre langen Haare geflogen waren, so abrupt wie sie sich umgedreht hatte.

Immer noch schmunzelnd stieg Julie unter die Dusche und zog den Duschvorhang zu.

Der musste übrigens auch weg. Sie hasste es, dass diese Dinger immer »Kuscheln kamen«, wie sie es nannte. Sobald man schön heiß duschte, wurde sie nach innen gesaugt und klebten einem am Körper. Offenbar hatte das etwas mit dem heißen Wasserdampf zu tun, aber Physik war noch nie ihre Stärke gewesen. Eigentlich war ihr auch egal warum Duschvorhänge das taten, sie fand es jedenfalls eklig. Bei diesem uralten Fetzen umso mehr. Sie würde auf jeden Fall eine Duschkabine mit Tür einbauen lassen.

Julie schloss die Augen, schäumte sich die Haare ein und ließ genüsslich das heiße Wasser auf sich niederprasseln – bis sie reflexartig mit einem lauten Schrei zur Seite sprang. Das Wasser war von einer Sekunde auf die andere kochend heiß geworden. Sie musste unbedingt eine moderne Mischbatterie einbauen lassen, wenn sie sich nicht regelmäßig beim Duschen verbrühen wollte. Der Arm, den das viel zu heiße Wasser zuerst getroffen hatte, war knallrot. Sie streckte vorsichtig den Arm aus und versuchte die Wassertemperatur zu regulieren, ohne sich dabei erneut zu verbrühen. Doch nun war das Wasser plötzlich eiskalt.

»Scheißding!«, schimpfte Julie ärgerlich. Zwar ließ sich das Wasser dann doch noch einmal auf lauwarm regulieren, aber der Entspannungseffekt war dahin, sodass sie sich nur noch schnell Shampoo und Duschgel abwusch und dann regelrecht aus der Dusche flüchtete. Sie wrang sich die nassen, langen Haare aus, wickelte sich ein Handtuch als Turban um den Kopf, rubbelte sich trocken und schlüpfte wieder in ihren flauschigen Morgenmantel.

Als ihr Blick zufällig erneut auf den Spiegel über dem Waschbecken fiel, erstarrte sie. Durch den heißen Wasserdampf war der Spiegel beschlagen, doch über die gesamte Breite stand in Großbuchstaben das Wort *RAUS* geschrieben. Eindeutig mit dem Finger geschrieben, aber von wem? Sie war sich eigentlich nach wie vor relativ sicher, dass keine andere Person im Haus war. Außerdem hätte sie es doch sicher bemerkt, wenn sich jemand ins Bad und wieder hinaus geschlichen hätte, während sie unter der Dusche stand, oder? Und abgesehen davon wüsste sie auch niemanden, der sie aus dem Haus haben wollte. Welcher Mensch, der bei klarem Verstand war, wollte diese baufällige Ruine schon freiwillig haben? Außer ihr selbst natürlich.

Wahrscheinlich hatte das Wort schon dort gestanden und war eben durch das Beschlagen des Spiegels jetzt wieder sichtbar geworden. Irgendwer hatte sich da offenbar irgendwann einmal einen Scherz erlaubt und damit sicherlich nicht nur das ursprüngliche Opfer seines Scherzes erschreckt, sondern jetzt auch Julie.

Und das nicht zu wenig. Für einen Augenblick war ihr eiskalt geworden. Manche Menschen hatten wirklich einen merkwürdigen Humor.

Sie bückte sich nach dem Badetuch, das sie nach dem Abtrocken achtlos auf den Boden hatte fallen lassen und wischte damit energisch den beschlagenen Spiegel frei. Im selben Moment begann die Leuchtröhre an der Decke mit einem knisternden Geräusch zu flackern und erlosch dann ganz. Julie fluchte wieder: »Herrgott nochmal!« Inzwischen wirklich genervt tastete sie sich im Dunkeln zum Türrahmen und dort nach dem Lichtschalter. Als sie ihn betätigte, ging das Licht wieder an. Sie brauchte wirklich ganz dringend einen Elektriker. Und einen Klempner. Und wahrscheinlich auch einen Architekten, einen Statiker, einen Maler, einen Fliesenleger, einen Zimmermann, einen Dachdecker,.... Ach, verdammt! Warum zum Teufel war sie nicht einfach in ihrer kleinen Stadtwohnung geblieben? Ob sie das Erbe jetzt noch ablehnen könnte? Wohl kaum, nachdem schon alles unterschrieben und sie eingezogen war. »Scheiße!« Sie drehte sich wieder zum Spiegel – und fuhr erschrocken zurück.

Wie zu erwarten war, erblickte sie ihr Spiegelbild, aber es war nicht ihr Spiegelbild. Es sah zwar genauso aus wie sie selbst, aber es hatte den Mund zu einem schiefen Grinsen verzogen, während sie selbst – und da war sie sich absolut sicher – fassungslos mit offenem Mund in den Spiegel starrte und nicht begreifen konnte, was sie da sah. Dann hörte das Grinsen im Spiegel auf, ihr Spiegelbild schielte nach oben und pustete eine ihm in die Stirn hängende Haarlocke weg. *Oh mein Gott!* Das war ganz eindeutig nicht ihr Spiegelbild, denn sie hatte ihre nassen Haaren ja in den Handtuchturban gewickelt, während dem Gesicht im Spiegel, das abgesehen davon wirklich ihr Ebenbild war, die langen Locken offen und trocken über die Schultern fielen.

Julie schrie. Sie schrie aus Leibeskräften. Und da begann das Gesicht im Spiegel aus vollem Hals zu lachen. Ein lautes, gehässiges, durchdringend schrilles Lachen, das Julie das Blut in den Adern gefrieren ließ. Und es hörte nicht auf, sondern schwoll immer mehr an und wurde so laut, dass Julie sich die Hände auf die Ohren pressen musste. Oder war es ihr eigenes Schreien, das ihr in den Ohren klingelte? Ein Spiegelbild konnte doch gar nicht schreien, oder? Egal, völlig egal. Sie musste hier raus. Panisch stürzte sie zur Tür, riss sie auf und rannte zu ihrem Schlafzimmer, in dem sie sich erneut einschloss. Und noch während sie über den Flur rannte, hörte sie, wie das Lachen aufhörte und dieselbe Stimme ihr stattdessen hinterherrief: »RAUS!«

Es dauerte eine ganze Weile bis sie sich beruhig hatte und es schaffte, sich anzuziehen, doch schließlich saß sie in ihrem Auto und fuhr zu dem kleinen Lebensmittelladen im Ort, um frische Milch zu kaufen und vielleicht auch eine Flasche Schnaps, den sie zur Beruhigung ihrer Nerven dringend brauchen würde, wenn das so weiterging. Das alte Haus schien ihre Phantasie wirklich zu beflügeln. Was allerdings den Vorfall mit ihrem Spiegelbild betraf...da hegte sie keinen Zweifel, dass sie im Spiegel nicht sich selbst gesehen hatte, auch wenn sie sich das nicht logisch erklären konnte.

»Sie sind nicht von hier.«, sagte die Frau hinter der Theke unfreundlich und es war keine Frage, sondern eine Feststellung. Julie wurde eingehend und mit unverhohlener Skepsis gemustert. Sie versuchte sich davon nicht irritieren zu lassen und lächelte freundlich. »Nein, ich bin erst seit gestern hier. Meine verstorbene Großtante hat mir das alte Herrenhaus vererbt und ich bin gestern dort eingezogen.«, erklärte sie. Eine nachdenkliche Falte grub sich in die Stirn der älteren Frau.

»Maenor Tywyll?«, mutmaßte sie. »Die Bruchbude der alten Grace? Na, da werden Sie ordentlich Geld reinstecken müssen, bis Sie da gemütlich wohnen können. Da wurde ewig nichts gemacht.«

Julie ärgerte sich ein wenig über die unangebrachte Direktheit dieser Fremden, bemühte sich aber höflich zu bleiben. »Ja, das ist mir tatsächlich in dieser kurzen Zeit auch schon aufgefallen.«

Ihrem Gegenüber schien plötzlich bewusst zu werden, dass es nicht nach seiner Meinung gefragt worden war, denn es lächelte versöhnlich und machte eine wegwerfende Handbewegung. »Ach naja. Nichts, was sich nicht mit ein wenig Einsatz, einem Putzlappen und gutem Werkzeug beseitigen ließe, nicht wahr?«

Darauf erwiderte Julie nichts. Ihre Gedanken waren schon einen Schritt weiter. »Sagen Sie, kennen Sie jemanden, der sich einmal mein Dach ansehen könnte? Ich bin mir nicht sicher, ob es Löcher oder undichte Stellen hat. Letzte Nacht kamen komische Geräusche vom Dachboden. Vermutlich ein Marder oder etwas in der Art. Solche nächtlichen Besucher würde ich zukünftig gerne aussperren.«, plapperte Julie betont sorglos und zwinkerte der älteren Dame grinsend zu. »Dieser Marder muss mindestens 90 Kilo schwer sein und Armeestiefel tragen, so laut wie er da oben herumgetrampelt ist.«

Doch ihre Gesprächspartnerin lachte nicht. Im Gegenteil. Sie sah sie merkwürdig an und runzelte die Stirn, während sie leise murmelte: »Das ist ja seltsam.«

»Was ist seltsam?«, hakte Julie nach, die nun auch nicht mehr grinste.

Die Ladenbesitzerin, um die es sich bei der Frau vermutlich handelte, zögerte kurz, ehe sie antwortete: »Ach, gar nichts eigentlich. Es ist nur…die alte Grace hat auch oft erzählt, dass sie nachts Schritte auf dem Dachboden hört. Wir haben sie immer ausgelacht. Sie war eben schon sehr alt und etwas wirr im Kopf, dachten wir jedenfalls. Aber jetzt wo Sie junges Ding dasselbe sagen…das ist schon seltsam. Besorgen Sie sich am besten eine Alarmanlage. Nicht dass sich da oben ein Landstreicher eingenistet hat oder so. Man weiß ja nie…«

»Ich…ja…ähm…ja, danke für den Tipp. Das werde ich tun.«, stammelte Julie, während sich ihre Gedanken überschlugen. Ihre Großtante hatte die Schritte auch gehört? Dann hatte sie sich das also doch nicht nur eingebildet. Einerseits beruhigte sie das, andererseits beunruhigte es sie noch mehr. Wenn es die Schritte wirklich gab, musste es auch etwas oder jemanden geben, der sie verursachte. Sie wollte weder einen Landstreicher, noch einen Marder auf ihrem Dachboden haben. Sie würde auf jeden Fall einen örtlichen Fachmann ausfindig machen, der sich das Ganze einmal ansehen und ihren Dachboden abdichten sollte. Hastig bezahlte sie ihren Einkauf und eilte aus dem Laden.

Als sie ihren klapprigen, rostigen Mini, der auch schon bessere Zeiten erlebt hatte, in der Einfahrt des alten Herrenhauses geparkt hatte und mit ihren Einkaufstüten die drei steinernen Stufen zu der großen hölzernen Eingangstür hinaufging, stand diese zu ihrer Verwunderung sperrangelweit offen. Sie hatte sie zwar nicht extra abgeschlossen, da sie ja wusste, dass sie nicht lange weg sein würde – und weil es im Inneren sowieso nichts zu holen gab -, aber sie hatte sie definitiv fest zugezogen. Da war wohl der Schließmechanismus kaputt und sie konnte auch noch einen Schlosser auf die Liste der Handwerker setzen, die sie anheuern musste.

Genau in dem Moment, in dem sie über die Schwelle ins Haus treten wollte, fiel die schwere Tür mit einem lauten Knall zu. Sie konnte gerade noch rechtzeitig einen Satz nach hinten machen, sonst hätte sie jetzt einen gebrochenen Fuß gehabt. Sie trat gegen das abgesplitterte Holz, das schon lange keinen frischen Anstrich mehr bekommen habe, doch die Tür schwang wider Erwarten nicht auf. Na klasse, jetzt war das Schloss also doch richtig eingerastet. Etwas zu spät. Julie stellte ihre Tüten ab, kramte den Schlüssel aus der Jackentasche und schloss auf. Wenigsten das funktionierte problemlos. Fast hatte sie jetzt schon damit gerechnet, dass das Schloss klemmen und der Schlüssel abbrechen würde.

Sie brachte ihre Einkäufe in die Küche und wunderte sich kurz darüber, dass dort das Licht brannte. Hatte sie das am Morgen versehentlich angelassen? Es musste wohl so gewesen sein. Als sie hinter sich ein drohendes Knurren hörte, blickte sie über die Schulter und sah Siyah in Angriffshaltung in der Ecke kauern und den Wandschrank fixieren, in den Julie gerade ihre neu erworbenen Vorräte hatten einräumen wollen.

»Was hast du denn? Da ist doch gar nichts?«, fragte sie ihre Katze verwundert und öffnete die Schranktür. Mit lautem Fauchen sprang Siyah ein überraschend großes Stück in die Luft um dann aus der Küche zu rasen als sei der Leibhaftige hinter ihr her. Julie schüttelte den Kopf. Dieses Haus schien nicht nur ihr zuzusetzen, sondern auch ihrem Stubentiger. Sie tippte sich an die Stirn als sie sich dabei ertappte, dass sie regelrecht erleichtert war, nachdem sie die Lebensmittel in den Schrank geräumt hatte, ohne dass sie dabei auf weitere tote Nager stieß oder etwas Unheimliches passierte.

»Die Klingel funktioniert immerhin.«, ging ihr durch den Kopf, als ebenjene erklang und sie erschrocken zusammenzucken ließ. Sie eilte zur Tür und stand einem gutaussenden jungen Mann gegenüber, der sich zum Gruß an seine Basecap tippte.

»Oh, hallo!«, grüßte sie überrascht. Sie hatte niemanden erwartet und den Besucher auch noch nie gesehen.

»Hi! Ich bin Barry. Ich war eben bei Maggie im Laden und sie meinte ich soll mal bei Ihnen vorbeikommen und mir ein Problem mit Ihrem

Dach anschauen?!«, stellte er sich vor und erklärte seine Anwesenheit.

»Oh«, wiederholte Julie dümmlich. Hatte sie das Sprechen verlernt? So gut sah Barry nun auch wieder nicht aus. Wobei…groß, breite Schultern, dunkle Haare, strahlend blaue Augen…. Hässlich war er nicht. »Äh, ja. Super! Komm doch rein. Ich bin Julie.«, fand sie endlich ihre Sprache wieder. Gemeinsam stiegen sie hinauf zum Dachboden. Zum Glück hatte Barry einen leistungsstarken Baufluter mitgebracht, mit dem sich selbst die hinterste Ecke perfekt ausleuchten ließ. Gründlich untersuchte er Holzbalken und Dachziegeln und meinte, es würde nicht schaden, das Dach einmal wenigstens grundlegend zu isolieren. Julie tat als habe sie diese Bemerkung nicht gehört. Sie konnte nicht noch mehr Kostenpunkte gebrauchen als sie ohnehin schon hatte. Zwei Stunden später hatte Barry tatsächlich ein

Schlupfloch entdeckt, durch das ein Tier ohne Weiteres hinein und hinaus konnte und hatte dieses fachmännisch verschlossen.

»So«, sagte er, stand auf und wischte sich die staubigen Hände an seiner Arbeitshose ab. »Das war es schon. Ab sofort sollte hier oben Ruhe sein.« Er lächelte zufrieden.

»Super!«, erwiderte Julie das Lächeln. »Dann kann ich heute Nacht ja hoffentlich ruhig schlafen. Die Frau im Laden, ich glaube du hattest sie Maggie genannt?, meinte es habe sich vielleicht ein Landstreicher hier eingenistet. Ich muss zugeben, das hat mich doch ein wenig beunruhigt. Ich bin froh, dass es doch nur ein Tier war.«

»Ein Landstreicher wäre ja gar nicht so schlimm gewesen, solange er friedlich ist und nur ein Plätzchen zum Übernachten sucht. Solange es nicht dieser Irre ist....!«

»Welcher Irre?«, wollte Julie alarmiert wissen.

»Hast du es nicht gehört?«, wunderte sich Barry. »Das war in den letzten Tagen groß in den Nachrichten. Einer Psychiatrie ist ein Insasse abhandengekommen und spurlos verschwunden. Die landesweite Suche läuft auf Hochtouren, aber sie haben ihn noch nicht gefunden. Also verriegle besser alle Fenster und Türen, wenn du so ganz alleine in diesem alten Kasten wohnst.«

Julie wurde etwas mulmig. »Das mache ich auf jeden Fall.«

»Alles klar. Dann räume ich mal das Feld, bevor meine anderen Kunden sich beschweren, dass sie so lange warten müssen.«

»Äh, ja. Natürlich. Was bin ich dir denn schuldig?«

»Ich bringe dir in den nächsten Tagen die Rechnung vorbei, okay?«, schlug Barry vor.

»Okay.«

Nachdem der gutaussehende Handwerker weg war, verputzte Julie zum Lunch ein Käsesandwich und eine Tasse Tee und beschloss, sich anschließend in der kleinen hauseigenen Bibliothek umzusehen, sich ein gutes Buch auszusuchen und den Nachmittag mit Lesen zu verbringen. Zwar gäbe es mehr als genug zu tun, aber sie konnte sich überhaupt nicht motivieren. Und morgen war ja auch noch ein Tag.

Als Julie die Bibliothek betrat, begannen ihre Augen zu leuchten. Sie liebte Bücher und sie liebte diesen trockenen, leicht staubigen Geruch nach altem Papier. Diese Bibliothek war ein Traum. Alleine dafür hatte es sich gelohnt, in diese Halbruine einzuziehen. An drei Seiten des Raumes reihte sich Regal an Regal, jedes einzelne deckenhoch. Es gab eine hölzerne Leiter, mit der man selbst die obersten Fächer erreichen konnte. Dazwischen standen mehrere kleine Tische, jeweils mit einem Stuhl und einer Leselampe, die wohl einst als Schreib- und Studiertische gedient hatten. An der vierten Raumseite war ein großer offener Kamin in die Wand eingelassen. Davor waren auf einem alten ausgeblichenen Perserteppich, den Julie unglaublich hässlich fand, ein nicht wesentlich schönerer, überdimensionaler und ziemlich verschlissener Ohrensessel aus erbsengrünem Samt, ein kleiner runder Couchtisch aus Ebenholz und ein dazu passender Barwagen platziert, auf dem Julie ein beachtliches Sortiment an Gin, Whisky, Brandy und Portwein ausmachte. Das Geld für den Schnaps hätte sie sich also sparen können.

Noch einmal ließ Julie ihren Blick durch die ganze Bibliothek schweifen. Sie war perfekt! So hässlich, altmodisch und abgenutzt die einzelnen Einrichtungsgegenstände auch waren, so perfekt passten sie zusammen, in diesen Raum und zu dieser Atmosphäre. Sie schritt die Regale ab, die alle feinsäuberlich mit Metallschildern beschriftet waren und blieb schließlich vor dem stehen, das den heimischen Sagen und Legenden gewidmet war. Da es davon in Wales unendlich viele gab, waren dazu entsprechend viele Bücher vorhanden. Ehrfürchtig strich Julie mit den Fingern über die uralten, brüchigen Lederrücken bis plötzlich eines der Bücher aus dem Regal rutschte und zu Boden fiel. Sie hob es auf und warf einen Blick auf den Titel. *Die Gwyllion*. Sie hatte zwar keine Ahnung wer oder was eine Gwyllion war, aber ihr fiel sofort die starke Ähnlichkeit zu dem Ortsnamen Gwyllin auf.

»Warum nicht?«, sagte sie zu sich selbst. Sagen und Legenden konnten sehr unterhaltsam

sein und vielleicht würde sie daraus auch etwas über die Geschichte der Gegend lernen. Sie
nahm das Buch, entschied sich aber für heute
gegen den durchgesessenen Ohrensessel und
für die altmodische Chaiselongue, die vor dem
Fenster eines der Zimmer im Erdgeschoss
stand, das sie gestern bei ihrem ersten ober-
flächlichen Rundgang entdeckt hatte. Sie vermutete, dass es irgendwann einmal das Gesellschaftszimmer der Dame des Hauses gewesen
war, in dem diese ihre Freundinnen zum Nach-
mittagstee empfangen hatte. An der Wand gab
es ein Glöckchen an einer Schnur, mit dem die
Hausherrin wohl nach dem Dienstmädchen
geklingelt hatte, um nach Tee und Keksen zu
verlangen. Julie musste sich ihren Tee und ihre
Kekse leider selbst holen, aber immerhin erschien Siyah und rollte sich auf ihrem Schoß
ein, als sie es sich mit dem dicken Buch auf der
Chaiselongue gemütlich gemacht hatte. Im

Zimmer war es kuschelig warm, da in der Ecke ein Heizlüfter stand, der zum Glück super funktionierte, auch wenn Julie lieber nicht darüber nachdenken wollte, wieviel Strom er wohl verbrauchte. Sie schlug den alten Wälzer auf und gleich die erste Seite schlug sie in ihren Bann.

Gwyllion oder Gwyllon sind walisische Geister oder Nachtwanderer, die nichts Gutes im Sinn haben. Der Folklore zufolge sind sie weibliche Feen von fürchterlichem Aussehen, ähnlich wie böse Hexen. Sie lauern des Nachts und an nebligen Tagen auf einsamen Bergstraßen und in verlassenen Tälern auf ihre ahnungslosen Opfer, die sie vom Wege abbringen bis diese sich hoffnungslos verirren, selbst wenn sie mit der Straße bestens vertraut sind. Sie tauchen in aller Regel nie wieder auf, aber zum Zeitpunkt ihres Verschwindens schallen schreckliche Schreie von den Bergen hinab bis in die Täler.

Nur wenige Reisende haben es je geschafft einer Gwyll zu entkommen, sodass sie von ihren Erlebnissen berichten konnte. Einer gab an, dass er auf einer Anhöhe der Bergstraße auf eine alte Frau traf und diese nach dem Weg fragte, da er sich auf unerklärliche Weise verirrt hatte, wenngleich er diesen Weg schon unzählige Male zurückgelegt hatte. Da er keine Antwort erhielt, hielt er die alte Frau für taub und wollte sie überholen. Doch die Straße war so schmal, dass das nicht möglich war, und so folgte er ihr in der Annahme sie kenne den Weg. Doch sie brachte ihn von der Straße ab, immer weiter in die Wildnis, bis er sich in einem Sumpf wiederfand und bereits darin zu versinken drohte als er es bemerkte. Die Alte stieß ein gackerndes Lachen aus, das ihm sagte, dass er es mit einer Gwyll zu tun hatte. Seine Großmutter hatte ihm die alten Geschichten über die Gwyllion erzählt und so wusste er, dass es nur eines gab womit man sie besiegen kann. Mit einem Messer. Die Gwyllion haben furchtbare Angst vor kaltem Eisen und will man sie verbannen, muss man nur eine Klinge ziehen und ihnen entgegenhalten.

Ein anderer Mann berichtete, dass ihm mehrere solche weiblichen Geister nachts auf einem Bergpass begegnet waren und in einem phantastischen Reigen um ihn herumtanzten. Gleichzeitig hörte er ein Jagdhorn und hörte unsichtbare Jäger auf ihren Pferden an ihm vorbeireiten. In größter Not zog er sein Messer und sofort verschwanden die Gwyllion und der Spuk hatte ein Ende.

Doch manche besonders gerissenen Gwyllion kommen auch in die Häuser der Menschen, besonders bei sehr stürmischem Wetter, denn dann suchen sie Unterschlupft und Wärme. Wenn dies geschieht, sollte man die Gwyll unter allen Umständen einlassen, willkommen heißen und nach allen Regeln der Gastfreundschaft bewirten. Sauberes Wasser, ein Becher heiße Brühe oder Brei und eine Scheibe Brot sollte man ihr ebenso anbieten wie einen warmen Platz am Feuer, denn wenn man eine Gwyll beleidigt, stößt einem Unaussprechliches zu.

Desweiteren ist dafür Sorge zu tragen, dass sich kein Messer, keine Klinge und kein sonstiges Schneidewerkzeug welcher Art auch immer in dem Raum befindet, in dem sich eine Gwyll aufhält. Denn wenngleich es wünschenswert ist, sie unter freiem Himmel zu verbannen, so ist es doch der größte aller Fehler innerhalb eines geschlossenen Raumes einem Angehörigen des Geisterreiches gegenüber ein unwirtliches oder gar bedrohliches Verhalten zu zeigen.

Fasziniert verschlang Julie die Zeilen über die Gwyllion und fragte sich, ob es wohl Zufall war oder ob das Örtchen Gwyllin absichtlich nach diesen bösartigen Geistern aus der walisischen Sagenwelt benannt worden war. Immerhin unterschieden sich beide Worte nur durch einen Buchstaben. Ob sich das wohl herausfinden ließe? Und falls es kein Zufall war - wovon Julie fast ausging, denn ein solcher Zufall wäre eigentlich schon zu groß gewesen -, was war der Hintergrund? War der Ort besonders häufig von den Nachtwanderern heimgesucht worden? Das wäre ja schon etwas gruselig. Natürlich dachte Julie als moderne Frau rational und wusste, dass es so etwas wie Geister eigentlich nicht gab. Aber sie war auch Waliserin und tief im Inneren glaubten eben doch alle Waliser wenigstens ein klitzekleines Bisschen an die Welt der Feen und Geister. Selbst die, die es nicht öffentlich zugaben. Diese Sagen und Legenden waren einfach viel zu tief in der walisischen Kultur verankert.

Ein kalter Luftstoß zog an ihr vorbei und Julie fröstelte. Kein Wunder bei diesen alten, einfach verglasten Fenstern. Mit denen würde sie aber noch eine Weile leben müssen. Sie konnte es sich beim besten Willen nicht leisten, im ganzen Haus die Fenster austauschen zu lassen. Wichtiger wäre auch eigentlich erst einmal eine einbruchsichere Haustür.

Rechts neben sich nahm Julie ein leises Geräusch wahr und blickte automatisch in diese Richtung. Ihr fielen fast die Augen aus dem Kopf. Sie riss den Mund auf, brachte aber keinen Ton heraus. Das kleine, gerahmte Schwarzweißfoto in dem verschnörkelten Rahmen aus angelaufenem Silber schob sich auf dem runden Tischchen, auf dem es platziert worden war, wie von Zauberhand in Zeitlupe nach links. Stück für Stück, immer weiter, bis es über die Kante rutschte und zu Boden fiel.

Julie sprang von der Chaiselongue und hob den Bilderrahmen auf. Der dicke Teppich hatte den Sturz glücklicherweise abgefedert, sodass das Glas nicht zerbrochen war. Julie stellte das Foto fein säuberlich zurück auf das Tischchen. Doch sofort kippte es nach vorne und fiel aufs Glas. Julie begann zu zittern. Nicht nur wegen dieser unheimlichen Geschehnisse, sondern auch, weil es im Zimmer plötzlich eiskalt war.

Nicht einfach nur etwas kühl. Nein, wirklich eiskalt, wie in einer Eiskammer. Die Kälte kroch in jede Faser ihres Körpers, durch die Knochen, ihre Wirbelsäule entlang, bis zu den Haarspitzen und in die Finger. Noch nie im Leben war ihr so kalt gewesen.

Sie nahm all ihren Mut zusammen und stellte den Bilderrahmen erneut auf. Da wurde er unvermittelt von einer unsichtbaren Kraft in die Luft gehoben und mit einem lauten Knall gegen die Wand geschmettert. Diesmal zerbarst das Glas in tausend Scherben. Julie riss die Arme vors Gesicht, um ihre Augen vor den in alle Richtungen fliegenden Splittern zu schützen.

Vorsichtig näherte sie sich dem Bilderrahmen. Als sie ihn umdrehte, war nicht mehr zu erkennen, was einmal auf der alten Fotografie zu sehen gewesen war. Julie hatte es am Vortag betrachtet. Es war die Fotografie von zwei kleinen Mädchen, vielleicht fünf oder sechs Jahre alt, in altmodischen Rüschenkleidern, mit Strohhüten auf den Köpfen, die vor einem Rosenbusch standen, sich an den Händen hielten und mit einheitlich ernster Miene in die Kamera blickten. Zwillinge, die sich glichen wie ein Ei dem anderen.

Doch dieses Bild war auf der Fotografie jetzt nicht mehr zu sehen. Stattdessen war da nur noch ein großer, verlaufener, schwarzer Farbfleck, beinahe wie ein großer Tintenklecks. Das konnte Julie nicht mehr mit übersprudelnder Phantasie oder schlechten Träumen erklären. Sie war hellwach und das war gerade eben wirklich passiert. Irgendetwas stimmte hier nicht.

»Was ist hier los?«, flüsterte sie. In diesem Augenblick klingelte das Telefon. Das Telefon, das es im Haus überhaupt nicht gab.

Für einen Moment verharrte Julie reglos und lauschte dem Klingeln. Gab es im Haus etwa doch einen Telefonanschluss und sogar ein Telefon? Vielleicht hatte sie es bei ihrer ersten Bestandsaufnahme einfach übersehen? Zugegeben, allzu gründlich war sie dabei nicht vorgegangen; sie hatte sich nur einen groben Überblick verschafft.

Sie folgte dem Geräusch aus dem Zimmer hinaus, den langen Flur entlang und um eine Ecke herum, die in einen Seitengang führte, an den sie sich nicht erinnerte. Dort stand in einer dunklen Ecke ein doppeltüriger Holzschrank von der Art, in der man früher Bettlaken und andere Haushaltstextilien aufbewahrt hatte. Das Geräusch führte direkt dorthin.

Julie öffnete die Türen des Schrankes, der fast völlig leer war. Bis auf ein großes, schwar-

zes, altmodisches Telefon, das als einziger In-
halt einsam in einem der mittleren Schrankfä-
cher stand – und klingelte. Julie war verwirrt.
Sie konnte kein Kabel sehen. Vorsichtig hob sie
das unbeirrt weiterklingelnde Telefon aus dem
Schrank und untersuchte es von allen Seiten.
Es hatte tatsächlich kein Kabel. Aber es klingelte.

Sie stellte es zurück in den Schrank und be-
trachtete es nachdenklich. Das ergab überhaupt keinen Sinn. Sollte sie den Hörer abnehmen oder lieber nicht? Sie rang sich dazu
durch, hauptsächlich, weil das Klingeln langsam an ihren Nerven zerrte. »Hallo?«

Das Klingeln hörte endlich auf. Am anderen
Ende der Leitung herrschte zunächst Stille,
dann ertönte ein Pfeifen. Die Anruferin – die
Stimme klang eindeutig weiblich – pfiff ein
Lied. Eine unheimliche, melancholische Melo-
die. Julie bekam eine Gänsehaut.

»Wer ist da?«, wollte Julie wissen, erhielt jedoch keine Antwort. Auch das Pfeifen verstummte. Kopfschüttelnd legte Julie den Hörer auf. Im selben Augenblick setzte die seltsame Melodie wieder ein, allerdings sehr viel lauter und aus der Richtung, aus der Julie gekommen war. Sie ging also den Flur zurück und das Pfeifen wurde mit jedem Schritt lauter bis sie schließlich wieder in dem Gesellschaftszimmer stand, in dem sie wenige Minuten zuvor noch auf der Chaiselongue gesessen hatte. Das Grammophon, das dort in einer der Ecken stand und das Julie am Vortag zwar sehr bewundert, aber nicht hatte in Gang setzen könnte, dröhnte in voller Lautstärke diese gepfiffene Melodie. Sie schaltete es aus und seufzte dankbar, als der Krach verstummte. Inzwischen hatte sie furchtbare Kopfschmerzen.

Doch offenbar war ihr keine Ruhe vergönnt, denn aus der Küche war nun lautes Scheppern und Klirren zu hören. Julie stöhnte genervt auf. Was war das bloß für ein beschissener Tag?! Auf dem Weg zur Küche kam sie an der Haustür vorbei und bemerkte, dass der Postbote zwischenzeitlich dagewesen sein musste und mehrere Briefe, Prospekte und eine Zeitung durch den Briefkastenschlitz in der Tür geworfen hatte. Sie bückte sich, um die Post aufzuheben, die allerdings völlig zerfetzt und zerrissen war.

»Siyah!«, rief sie erbost aus. Was fiel dieser Katze denn ein? Wieso hatte sie die ganze Post zerrissen? Das hatte sie noch nie gemacht! Mit den Papierschnipseln in der Hand ging Julie zur Küche, wo ihr ein entsetzter Aufschrei entwich. Sämtliche Schranktüren stand offen und alles Geschirr lag zerbrochen am Boden. Im Geschirrschrank befand sich kein einziger Teller mehr, keine Tasse und keine Suppenschüssel. Alles lag zertrümmert zu ihren Füßen. Zudem war der Wasserhahn voll aufgedreht und da der Abfluss ebenfalls mit Scherben verstopft war, lief das Spülbecken bereits über und ein kleiner See hatte sich auf dem Boden ausgebreitet.

»Scheiße!«, brüllte Julie und watete vorsichtig durch das Wasser und über die Scherben zum Spülbecken, um den Wasserhahn abzudrehen. Was ging hier vor? Das konnte auf keinen Fall Siyah gewesen sein. Der Stubentiger konnte weder die Türen der Hängeschränke geöffnet und das Geschirr ausgeräumt haben, noch konnte sie die Drehgriffe des Wasserhahns betätigt haben. Unmöglich. Dann hatte sie vielleicht auch gar nicht die Post auf dem Gewissen? Mittlerweile war Julie überzeugt, dass es in diesem Haus spukte.

Sie war mehr als eine Stunde lang damit beschäftigt, die Scherben aufzusammeln und das

Wasser aufzuwischen. Als sie es gerade geschafft hatte, hörte sie Siyah laut Knurren. Die schwarze Katze kauerte in geduckter Haltung einige Schritte vor dem Vorratsschrank, hatte die Ohren angelegt und das Fell aufgestellt. Irgendetwas schien ihr gar nicht zu behagen.

»Was ist denn los, Siyah?«, fragte Julie beruhigend. »Ist da etwa eine Maus im Schrank?« Sie ging zum Schrank um nachzusehen, doch mit jedem Schritt, den sie auf den Schrank zumachte, wich Siyah weiter rückwärts von ihm zurück und machte drohende Geräusche, ohne den Schrank dabei auch nur für eine Sekunde aus den Augen zu lassen. Als Julie die Schranktür aufriss, stieß Siyah ein lautes Fauchen aus und floh Hals über Kopf aus dem Zimmer.

Im Vorratsschrank war alles in bester Ordnung. Julie konnte nichts Ungewöhnliches entdecken. Wahrscheinlich hatte Siyah sich etwas eingebildet.

Nachdem sie sich eine mittelmäßige Tomatensuppe aus der Dose aufgewärmt hatte, die sie direkt aus dem Topf löffelte, beschloss sie ins Bett zu gehen und dort noch ein wenig fernzusehen.

Als Julie ihr Schlafzimmer betrat, war es dort eiskalt. Das Fenster stand weit offen und der furchtbar kitschige geblümte Vorhang wehte im Wind.

»Lass den Scheiß!«, zischte sie dem unsichtbaren Geist zu, den sie inzwischen für all die unerklärlichen Vorkommnisse verantwortlich machte. Im Moment hatte sie nicht einmal mehr Angst; sie war einfach nur noch genervt.

Sie schloss das Fenster, machte in dem offenen Kamin ein kleines Feuer, kuschelte sich ins Bett und schaltete den betagten Röhrenfernseher ein. Eine der wenigen halbwegs modernen

Errungenschaften, die ihre Großtante sich gegönnt hatte. Sie sah sich eine nicht sonderlich spannende Reportage über Wüstenrennmäuse an, schaltete den Fernseher zeitig ab und schlief relativ schnell ein.

Sie erwachte gegen 2 Uhr nachts, wie ihr ein schneller Blick auf den Wecker verriet, weil sie fror. Wieder stand das Fenster sperrangelweit offen. Sie stand auf und schloss es. Als sie sich wieder zum Bett gehen wollte, fiel ihr auf, dass auch die Zimmertür offenstand. Sie wusste hundertprozentig, dass sie diese am Abend hinter sich geschlossen hatte.

Entschieden schloss sie die Tür und drehte den Schlüssel zweimal um. So, diese Tür würde sich heute Nacht nicht mehr öffnen. Das Feuer war heruntergebrannt und spendete keine Wärme mehr. Sie war barfuß zum Fenster gegangen und die Kälte kroch durch ihre nackten Fußsohlen in ihren Körper. Schnell flitzte sie zurück zum Bett, um wieder unter die dicke Decke zu rutschen. Doch als sie im Bett saß, sah sie aus dem Augenwinkel, dass die Zimmertür erneut offenstand.

»Verdammt, was willst du von mir?«, rief sie ratlos in die Dunkelheit. Wie als Antwort auf diese Frage ging das Licht an. Erst im Schlafzimmer und dann im Flur.

»Ich soll rausgehen?« Das Licht flackerte kurz, was sie als ein Ja interpretierte. Sie schlüpfte in Hausschuhe und Morgenmantel und ging aus dem Zimmer. Auch die Treppe zum Dachboden hinauf war beleuchtet und wieder erklangen Schritte von dort oben. Diesmal aber nicht schwer und schleppend wie in der ersten Nacht, sondern schnell und klappernd. Fast als würde jemand in Stöckelschuhen dort herumrennen.

Als Julie die letzte Stufe erreichte, sah sie, dass auch die Tür zum Dachboden offenstand und auch dort das Licht brannte. Und sie hörte ein Klopfen. Sobald sie den Dachboden betreten hatte, knallte die Tür hinter ihr zu und das Licht erlosch.

»Hey!«, rief sie und wollte die Tür wieder öffnen, doch der Knauf ließ sich nicht mehr drehen. Die Tür war verschlossen. Und auch der Lichtschalter reagierte nicht. Nun stieg doch Panik in ihr auf.

»Lass mich sofort hier raus!«, brüllte sie, doch sie wurde nicht erhört.

Dafür wurde das Klopfen lauter. Es schien aus der gegenüberliegenden Wand zu kommen. Vorsichtig, um über nichts zu stolpern, tastete Julie sich in der Dunkelheit an der Wand entlang zu der Stelle, an der sie die Quelle des Geräuschs vermutete. Und wirklich war es dort noch ein wenig lauter. Es klopfte in der Wand, als sei jemand eingemauert und würde von innen dagegen klopfen.

Julie wusste nicht was sie tun sollte. Sie hob die Hand und klopfte leicht gegen die Wand. Sofort ertönte als Antwort auch wieder ein Klopfen. Sie klopfte zweimal und ein doppeltes Klopfen kam zurück. Um ganz sicherzugehen, klopfte sie nun dreimal und wieder erhielt sie ein dreifaches Klopfen als Antwort.

»Ist…ist jemand da in der Wand?«, stammelte sie und kam sich einerseits idiotisch vor, denn wie sollte eine lebende Person in die Wand hineingekommen sein? Andererseits hielt sie mittlerweile fast alles für möglich.

Das Klopfen verstummte und wurde durch ein Kratzen ersetzt. Es kratzte und scharrte in der Wand als versuche jemand sich durch die Steine zu graben. Vielleicht doch nur eine Maus? Doch dann hörte sie eine Stimme aus der Wand.

»Raus!« Es klang gedämpft. Fast ein Flüstern. Doch es wurde immer und immer wieder wiederholt und wurde mit jedem Mal lauter und deutlicher. In regelmäßigen, kurzen Abständen.

»Raus! Raus! Raus! RAUS! RAUS!«

Und dann klopfte es wieder. Genau genommen hämmerte es jetzt. Da schien jemand mit beiden Händen wie wild von innen gegen die Mauer zu schlagen und dabei »Raus!« zu schreien.

Erst hatte sie unbedingt herkommen sollen und jetzt sollte sie wieder gehen? Wer auch immer dieser Geist war, er - oder sie - schien nicht zu wissen was er wollte.

»Ich gehe ja schon!«, schrie sie zurück, tastete sich zur Tür, die sich jetzt zum Glück wieder öffnen ließ, und rannte die Treppe hinunter, den immer noch beleuchteten Flur entlang zurück in ihr Schlafzimmer. Dort war das Fenster zwar jetzt geschlossen, die Scheibe hatte jedoch einen großen Sprung, der sich quer über das ganze Glas zog.

Am nächsten Morgen fühlte Julie sich wie gerädert. Sie hatte die restliche Nacht wachgelegen und sich den Kopf über das Klopfen und die Stimme in der Wand zerbrochen. Konnte es sein, dass da jemand lebendig eingemauert war? Ach, so ein Quatsch. Sie hatte die Wände ja gesehen als sie mit Barry da oben gewesen war. Der Wandputz war uralt. Wenn da oben jemand eingemauert worden war, dann schon vor ewigen Zeiten und derjenige war längst tot und zu Staub zerfallen.

Nachdem sie sich einen starken Kaffee aufgebrüht und diesen aus einem Saftglas getrunken hatte – Tassen hatte sie ja keine mehr -, fuhr Julie erneut in den Ort und erstand in dem kleinen Haushaltswarenladen neue Teller, Tassen und Schüsseln, sowie vorsichtshalber einige Mausefallen und Türstopper, einen kleinen Heizlüfter, eine Taschenlampe samt Batterien und als Nervennahrung eine Tüte Chips und mehrere Tafeln Schokolade. Es folgten einige weitere Einkaufsstopps.

Auf dem Rückweg klapperte sie noch diverse Handwerker ab und bat sie, bei Gelegenheit einmal bei ihr vorbeizuschauen. Keine Ahnung wovon sie die Rechnungen bezahlen sollte, aber manche Reparaturen waren einfach nicht länger aufschiebbar. Vor allem brauchte das Schlafzimmerfenster so schnell wie möglich eine neue Scheibe, wenn sie nachts nicht erfrieren wollte.

Sie legte noch einen Zwischenstopp im örtlichen Pub ein, wo sie sich zum Mittagessen eine große Portion Fish and Chips und ein leckeres Bier gönnte. Bei dieser Gelegenheit erfuhr sie auch, dass man »den Irren«, wie Barry ihn genannt hatte, immer noch nicht gefasst hatte. Die Behörden gaben weiterhin keine Details bekannt. Man wusste nicht, ob es sich bei der flüchtigen Person um einen Mann oder eine Frau handelte, aus welcher Einrichtung genau der- oder diejenige geflohen war, und auch nicht, weshalb er oder sie dort in Behandlung gewesen war. Man mahnte die Bevölkerung lediglich zur Vorsicht und bat darum, auffällige Beobachtungen der Polizei mitzuteilen.

Auffällige Beobachtungen könnte sie der Polizei jede Menge melden, sie bezweifelte aber, dass diese sie ernst nehmen würde, und ganz sicher wollte sie nicht riskieren, am Ende vielleicht in der Psychiatrie zu landen, aus der »der Irre« entlaufen war. Sie bezweifelte, dass die Polizei viel für Geistergeschichten und nächtlichen Spuk übrig hatte. Sie konnte es ihnen nicht verdenken.

Den Nachmittag verbrachte sie damit, die hölzerne Haustür abzuschleifen und ihr mit der leuchtend roten Farbe, die sie ebenfalls im Dorf erstanden hatte, einen frischen Anstrich zu verpassen. Zwar wurde die Tür davon weder stabiler noch sicherer, aber wenigstens sah sie schöner aus. Und bis sie sich eine neue Haustür würde leisten können, war dies das Beste, was da zu machen war.

Vor Einbruch der Dunkelheit schaffte sie es gerade noch, die Blumenkübel neben der Haustür mit den beiden Rosensträuchern zu bepflanzen, die sie vor der örtlichen Gärtnerei entdeckt und an denen sie nicht hatte vorbeigehen können.

Den ganzen Tag über begleitete sie eine innere Anspannung und sie wartete ständig darauf, dass wieder etwas Übersinnliches passieren würde. Doch das tat es nicht. Es war ein ganz normaler Tag, der ganz normalen Abläufen folgte und nichts daran war auch nur im Entferntesten ungewöhnlich. Einfach himmlisch! Vielleicht hatte der Spuk ja ein Ende. So ganz traute sie sich noch nicht daran zu glauben, aber ihr Stimmungsbarometer bewegte sich in eine positive Richtung.

Auch der Abend verstrich ohne besondere Vorkommnisse und Julie schlief, erschöpft von dem arbeitsreichen Tag, im Wohnzimmer auf dem abgewetzten Blümchensofa ein. Zwar wachte sie auch in dieser Nacht wieder auf, diesmal aber einfach nur deshalb, weil ihr der Rücken wehtat. Sie ging nach oben, legte sich in ihr Bett und schlief die restliche Nacht durch wie ein Stein.

Am nächsten Morgen war sie so ausgeschlafen und gut gelaunt wie lange nicht. Sie strotzte vor Tatendrang, den sie dafür verwendete, den ganzen Tag lang alten Krempel aus allen möglichen Schränken auszumisten und in den Müll zu befördern.

Als sie gerade einen Stapel mottenzerfressener Tischdecken hinaustrug, ertappte sie sich erschrocken dabei, dass sie die gruselige Melodie summte, die der mysteriöse Geist am Telefon gepfiffen hatte. Oh man, so weit war es also schon? Schnell kramte sie in ihrem leider nicht sehr ausgeprägten Musikgedächtnis nach einem anderen Lied und stimmte eine ziemlich schiefe Version von Green Day's *Basket Case* an.

»Na, herzlichen Glückwunsch, Julie. Ganz ausgezeichnete Songwahl!«, sagte sie mit vor Sarkasmus triefender Stimme zu sich selbst und schüttelte halb amüsiert, halb irritiert den Kopf. Dass ihr jetzt ausgerechnet dieses Lied eingefallen war...

Immerhin war *Basket Case* im Englischen ein salopper Ausdruck für eine Person mit großen psychischen Problemen. Sie meinte sich erinnern zu können, einmal irgendwo gelesen zu haben, dass Billie Joe Armstrong, der Frontmann und Gitarrist der Band, den Song geschrieben hatte, um seine Angstzustände, Panikattacken und emotionale Instabilität zu verarbeiten. So gesehen war der Song also vielleicht doch naheliegend. Denn entweder wurde sie in diesem Haus auch völlig paranoid oder entwickelte zumindest Wahnvorstellungen. Stoned war sie jedenfalls nicht, diese Möglichkeit aus dem Songtext konnte sie ausschließen. Dabei wäre das eigentlich noch die beruhigendste Variante gewesen.

Nachdem mehr als 24 Stunden ohne besorgniserregende Vorkommnisse vergangen waren, konnte Julie eigentlich nur über sich selbst lachen. Mit Sicherheit gab es für alles eine ganz logische Erklärung. Optische und akustische Täuschungen oder so etwas. Vielleicht hätte sie im Physikunterricht doch besser aufpassen sollen.

»Au!«, rief sie aus, als sie unvermittelt hinfiel und sich den Kopf an der Treppenkante stieß. Sie rappelte sich wieder auf und rieb sich die schmerzende Stelle an der Schläfe, an der sich garantiert eine dicke Beule bilden würde. Jemand hatte sie gestoßen. Sie war nicht gestolpert, sie war gestoßen worden. Hatte sie sich etwa zu früh gefreut und der Geist war doch noch da?

»Erstmal eine Tasse Tee.«, beschloss sie und ging in die Küche, um den Wasserkessel aufzusetzen. Sie schaltete das antiquierte Radiogerät ein, in dem der Nachrichtensprecher gerade etwas über Börsenkurse erzählte. »Interessiert mich nicht.«, sagte Julie und drehte am Frequenzknopf. Allerdings schien sie keinen anderen Sender empfangen zu können, denn egal in welche Richtung sie drehte, es war nichts als Rauschen zu hören. »Okay, dann eben doch die Börsenkurse.«, resignierte sie und drehte auf die ursprüngliche Frequenz zurück. Hier hatte der Moderator inzwischen seinen Vortrag beendet. Jetzt klimperte ein Klavier eine Melodie, die sie sofort erkannte. Die Melodie des Geistes. Schnell schaltete sie den Radio ab. Sie hatte wohl wirklich Wahnvorstellungen.

Zwar hatte sie nicht wirklich viel Hunger, aber um sich abzulenken, steckte sie zwei Scheiben Toast in den Toaster und holte Butter und Erdbeermarmelade aus dem Kühlschrank. Vielleicht hatte sie sich das mit dem Klavier gerade ja nur eingebildet, weil sie unterzuckert war.

Was roch denn plötzlich so verbrannt? Suchend drehte Julie sich um und sah sofort, dass

Flammen aus dem Toaster schlugen. Hektisch blickte sie sich in der Küche nach etwas um, womit sie löschen konnte, und griff nach der Flasche Cola, die ihr zuerst ins Auge fiel. Zum Glück ließ sich der kleine Brand damit problemlos löschen.

»Hm, lecker. Cola-Toast!«, witzelte Julie, obwohl ihr eigentlich gar nicht nach Lachen zumute war. Wenn dieser Geist jetzt schon Brände legte, war ihr Problem doch größer, als sie gedacht hatte. Sie sollte sich dringend etwas einfallen lassen. Aber was? Gläserrücken, Pendeln und Kartenlegen kamen nicht in Frage. Das war ihr noch nie geheuer gewesen. Ein Quija Board erstrecht nicht. Also was dann? Spontan fiel ihr nichts ein.

Inzwischen war es dunkel geworden. Nachdem sie Siyah gefüttert hatte, machte Julie es sich mit einer Tasse Tee und einem Kreuzworträtsel auf dem Sofa gemütlich. Siyah lag träge neben ihr und putzte sich gerade den Bauch als die große Stehlampe, die direkt neben dem Sofa stand und ihnen gerade als einzige Lichtquelle diente, zu surren und zu flackern begann.

»Oh nein, jetzt geht das wieder los! Bitte nicht!«, jammerte Julie.

Auch der Katze war die Situation eindeutig nicht geheuer. Wie von der Tarantel gestochen war sie vom Sofa gesprungen, hatte sich vorsichtig bis auf wenige Schritte an die Stehlampe herangepirscht und verharrte dort reglos in Verteidigungsstellung. Sie machte einen Buckel, sträubte ihr Fell, legte die Ohren an und fauchte bedrohlich. Wieder flackerte die Glühbirne in der Stehlampe, das Surren verstärkte sich und Siyah fauchte noch lauter. Julie beobachtete das Schauspiel bewegungslos und die Angst kroch ihr den Rücken hinauf. Mit einem leisen, aber dennoch deutlich hörbaren *KLICK* brannte die Glühbirne schließlich durch und das Wohnzimmer lag in völliger Dunkelheit. Allerdings nicht in völliger Stille. Es erklang eine helle Stimme, die die Melodie des Geistes pfiff. Siyah fauchte noch einmal, dann spürte Julie noch, wie die Katze sie am Bein streifte als sie aus dem Zimmer raste.

Nun noch ängstlicher tastete Julie sich vorsichtig zum Kaminsims, auf dem mehrere Kerzen standen. Auch eine Packung Streichhölzer lag dort griffbereit. Entweder war ihre Großtante sehr romantisch veranlagt gewesen und hatte gerne bei Kerzenschein auf dem Sofa gesessen oder aber – und das schien Julie sehr viel wahrscheinlicher - es gab hier öfter Stromausfälle, denn auch in allen anderen Räumen waren Kerzen und Streichhölzer deponiert.

Endlich hatte sie die Streichhölzer ertastet, zündete eines an und hielt es an eine Kerze, deren Docht daraufhin hell aufleuchtete. Nach und nach entzündete sie alle Kerzen auf dem Kaminsims, dann sah sie sich misstrauisch um. Sobald die erste Kerze angezündet gewesen war, hatte das Pfeifen aufgehört. Julie atmete erleichtert auf. Diese Melodie machte ihr wirklich Angst, ohne dass sie hätte sagen können warum. Doch sie hatte sich zu früh gefreut. Ein kalter Luftzug wehte durch den Raum und ließ innerhalb einer Sekunde alle Kerzen wieder erlöschen. Zeitgleich setzte das Pfeifen wieder ein. Lauter und eindringlicher diesmal. Und intensiver. Fast kam es Julie vor als sei es direkt in ihrem Kopf.

»Nein! Nein, nein, nein, nein, nein!«, rief sie und presste beide Hände auf die Ohren. Doch statt leiser wurde die Melodie nur noch lauter. Panisch begann Julie den Kopf zu schütteln, als könnte sie damit die gespenstische Melodie abschütteln. Doch es half nicht. Das Pfeifen schwoll immer lauter an und sie bekam rasende Kopfschmerzen. Julie verlor die Nerven.

»Hör auf damit, verdammt!«, brüllte sie wütend, und wirklich verstummte die Melodie.

Ganz langsam nahm Julie die Hände von den Ohren und senkte die Arme. Sie befürchtete, sofort wieder das Pfeifen zu hören. Doch zum Glück blieb es still. Julie stand im Dunkeln und lauschte angestrengt. Nichts.

»Was willst du von mir?«, flüsterte sie in die Stille hinein.

Wie als Antwort leuchtete die Glühbirne in der alten Stehlampe kurz auf, nur um direkt wieder zu erlöschen.

»Was willst du?«, wiederholte Julie und wieder flackerte die Glühbirne kurz auf.

Julie konnte in der nächtlichen Dunkelheit nichts erkennen, aber sie hörte ein kratzendes

Geräusch, so als würde jemand hastig etwas mit Bleistift auf einen Zettel kritzeln. Dann ging das Licht wieder an, und diesmal blieb es auch an. Aus den Augenwinkeln sah Julie eine Bewegung auf dem Couchtisch und hörte ein leises Klappern. Sie sah genauer hin und sah den Stift, mit dem sie kurz zuvor noch ihr Kreuzworträtsel ausgefüllt hatte, über den Tisch kullern. Quer über das ganze Kreuzworträtsel, sodass es die ganze Seite ausfüllte, stand in krakeligen Großbuchstaben ein einziges Wort geschrieben: *RAUS!*

»Wieso willst du mich loswerden?"«, fragte Julie vorsichtig. Da ging das Licht wieder aus.

»Was hast du gegen mich?"« Das Licht blieb aus.

»Warum soll ich gehen?« Das Licht war immer noch aus. Okay, das war offenbar die falsche Frage.

»Bist du echt?«, stellte sie die Frage, die ihr zwar ziemlich dumm erschien, ihr aber auf der Seele brannte.

Das Licht ging wieder an und Julie erschauerte.

»Wer bist du?«

Sofort begann der Stift wieder über das Kreuzworträtsel zu flitzen. Wieder nur ein Wort, wieder nur vier Buchstaben. Da es quer über das vorherige Wort geschrieben war, dauerte es einen Moment, bis Julie es ausmachen konnte.

AMIE

»Dein Name ist Amie?«, erkundigte sie sich und das Licht flackerte.

»Okay.«, sagte Julie und versuchte ruhig zu bleiben, obwohl Panik in ihr aufstieg. »Hallo Amie.«

Wieder flackerte das Licht.

»Brauchst du meine Hilfe?«, fragte Julie atemlos. Ein erneutes Flackern des Lichts.

»Ähm, okay. Wie kann ich dir helfen?«

So schnell, dass sie es kaum bewusst wahrnahm, riss eine unsichtbare Hand die Gardinen von der Vorhangstange und stieß die Stehlampe um, sodass Julie wieder im Dunkeln stand. Und dann ertönte in ohrenbetäubender Lautstärke ein hässlicher Schrei, der Julie das Blut in den Adern gefrieren ließ.

»*RAUS!*«

Und Julie rannte. Als sei der Teufel höchstpersönlich hinter ihr her, rannte sie aus dem Zimmer, stolperte im Flur über den Teppich, fiel hin, schlug sich die Knie auf, rappelte sich wieder auf und rannte weiter. Die Treppe hinauf, in ihr Schlafzimmer wo sie die Tür verriegelte und wieder die schwere alte Kommode davorwuchtete. Letzteres war natürlich unsinnig, denn wenn Amie wirklich real und wirklich ein Geist war, würde sie ohnehin nicht die Tür benutzen, wenn sie ins Zimmer wollte. Trotzdem fühlte sie sich durch die verbarrikadierte Tür ein klein wenig sicherer.

Sie lehnte sich gegen die Wand, schloss die Augen und konzentrierte sich darauf, ruhig und gleichmäßig zu atmen bis ihr Puls sich verlangsamte und sie sich etwas beruhigt hatte. Erst dann öffnete sie vorsichtig wieder die Augen. Just in diesem Moment wurde die Nachttischlampe angeknipst und Julie drehte durch.

»Nein! Hör auf damit! Verpiss dich! Lass mich endlich in Ruhe!«, schrie sie und begann hysterisch zu weinen. Da flog die Nachttischlampe in hohem Bogen durchs Zimmer und knallte frontal in den Spiegel der Frisierkommode, der mit einem lauten Klirren in tausend Scherben zerbrach. Dabei ertönte wieder ein lautes, wütendes »*RAUS!*«

»Hau ab!«, kreischte Julie noch einmal, rannte zum Bett, verkroch sich unter der Decke und weinte hemmungslos in ihr Kissen. Sie hatte solche Angst.

Was sollte sie nur tun?

Es dauerte lange bis Julie sich halbwegs beruhigen konnte. Sie zitterte am ganzen Körper und nur aus reiner Erschöpfung fiel sie irgendwann in einen unruhigen Schlaf, aus dem sie immer wieder aufschreckte, weil sie furchtbare Albträume hatte, in denen ein Geist aus einem Spiegel sie verfolgte und in den Tod trieb.

Mitten in der Nacht hörte sie ein Kratzen an der Tür und wurde sofort wieder panisch.

»Verschwinde!«, schrie sie. Doch das Kratzen verstummte nicht. Im Gegenteil. Es wurde nur noch lauter und intensiver.

»Geh weg!«

»*MIAU!*«, ertönte es herzzerreißend auf der anderen Seite der Tür.

»Oh mein Gott, Siyah! Mein armer Schatz!«, rief sie erschrocken, sprang aus dem Bett und mühte sich ab, die Kommode wieder von der Tür wegzuschieben, damit sie die Katze ins Schlafzimmer lassen konnte. Diese kam hereingeflitzt, sobald die Tür einen winzigen Spalt geöffnet war. Sofort bückte sich Julie, nahm die Katze auf den Arm und vergrub ihr Gesicht in dem flauschigen, schwarzen Fell.

»Tut mir leid, meine Süße. Es tut mir so leid!«, beteuerte sie und bedeckte den Kopf der Katze mit unzähligen Küssen.

Die restliche Nacht verbrachte sie wach und angespannt aufrecht im Bett sitzend, die Katze auf dem Schoß, die ihr den Trost spendete, den sie so dringend brauchte. Seit sie in dieses

Haus gezogen war, hatte ihr Leben sich in einen Albtraum verwandelt. Wäre sie doch nur in Cardiff geblieben!

Was wenn sie einfach wieder ausziehen und weggehen würde? Wäre sie Amie dann los? Konnte man einen Geist so einfach abschütteln? Oder würde er sie überallhin verfolgen? Sie nahm sich fest vor, in dem Buch über die Gwyllion noch einmal nach der Stelle zu suchen, an der erklärt wurde, wie man die Nachtwandler loswerden konnte. Allerdings wusste sie ja gar nicht, ob Amie überhaupt eine Gwyll war oder irgendein anderer Geist. Oder doch nur eine Ausgeburt ihrer Phantasie? Sie wusste es nicht. Aber wenn es einen Weg gab, sie loszuwerden, dann musste sie ihn finden. Eines wusste sie nämlich genau: Wenn das hier so weiterginge, würde sie definitiv den Verstand verlieren.

Unwillkürlich dachte sie an den Film *Der Exorzist*, aber das war natürlich Quatsch. Erstens war die Handlung dieses Films natürlich frei erfunden, während Amie ihr verdammt real vorkam. Und zweitens konnte sie wohl kaum zum örtlichen Pastor marschieren, ihm etwas von einem Gesicht im Spiegel und einer unheimlichen Melodie in einem nicht angeschlossenen Telefon erzählen, und ihn einfach mal so für einen Exorzismus anheuern. Sie bezweifelte, dass Geistliche heutzutage noch Hausbesuche machten, bei denen sie ein Kruzifix vor sich hertrugen und Weihwasser verspritzten, nur weil man ihnen etwas von einem angeblichen Geist berichtete. Wahrscheinlicher war, dass er sie für völlig durchgeknallt halten und sie in einer Zwangsjacke in der nächsten Psychiatrie enden würde.

Ihre Gedanken drehten sich im Kreis, ohne dass sie zu einer wirklich sinnvollen Überlegung kam und sie war heilfroh, als endlich die Morgendämmerung einsetzte.

Den ganzen nächsten Tag passierte wieder nichts, doch inzwischen hatte Julie eine solche Grundanspannung entwickelt, dass sie sich ständig im Alarmmodus befand und gar nicht mehr abschalten konnte. Sie verließ ihr Bett nur, um sich etwas zu Essen und zu Trinken zu holen, zur Toilette zu gehen und um die Katze zu füttern. Nicht einmal unter die Dusche traute sie sich.

Nachdem sie die ganze Nacht wach gewesen war, war sie jetzt natürlich völlig übermüdet und erschöpft, war aber gleichzeitig zu panisch, um schlafen zu können. Zudem hatte sie rasende Kopfschmerzen, die sie mit viel zu vielen Schmerztabletten erfolglos zu bekämpfen versuchte. Und wenn sie doch einmal kurz einschlief, wurde sie wieder von Albträumen geplagt.

So vergingen auch die folgenden beiden Tage. Schlaflose Nächte und unruhige Tage, von Angst und einem unbestimmten Gefühl dunkler Vorahnung bestimmt. Und ständige Kopfschmerzen. Hunger hatte sie hingegen kaum. Dieser ganze Wahnsinn schien ihr den Appetit verdorben zu haben. Ihr Schlafzimmer verließ sie weiterhin nur, wenn es unbedingt nötig war. Das Haus verließ sie nur ein einziges Mal nach vier Tagen und nur ganz kurz, um einen ordentlichen Vorrat an Katzenfutter für Siyah zu besorgen. Ein- oder zweimal klingelte es an der Tür, doch das ignorierte sie. Ganz sicher würde sie in ihrem aktuellen Zustand niemandem die Tür öffnen. Sie fühlte sich nicht in der Verfassung, sich mit Handwerkern über irgendwelche Reparaturen zu unterhalten, so dringend diese auch sein mochten.

Nach ihrem kurzen Einkaufsausflug fühlte Julie sich völlig erschöpft und zog sich wieder in ihr Schlafzimmer zurück. Komischerweise fühlte sie sich dort zwar nicht sicher, aber dennoch halbwegs geborgen, obwohl ja auch dort schon merkwürdige Dinge geschehen waren.

Sie brachte mehrere Stunden damit zu, in der frisch gekauften Zeitung die Wohnungsanzeigen durchzusehen. Mittlerweile hatte sie entschieden, dass sie verrückt werden würde, wenn sie auf Dauer in diesem Spukhaus bliebe. Sie musste hier schleunigst wieder weg, zurück nach Cardiff, in die Stadt, in eine kleine Wohnung, wo um sie herum Leben war und wo sie nicht völlig abgeschieden und alleine in einem riesigen, uralten Haus saß, in dem sie von einem Geist namens Amie terrorisiert wurde, der sie ganz offensichtlich loswerden wollte.

Diesen Gefallen hätte sie Amie ja zu gerne getan. Leider musste sie feststellen, dass sie sich keine einzige der verfügbaren Wohnungen leisten konnte. Nicht einmal ein winziges Zimmer in einer WG. Die Mietpreise waren weiter gestiegen und nachdem sie jetzt schon eine Weile nicht mehr gearbeitet hatte, war es um ihre Finanzen nicht allzu gut bestellt. Zumal man es als Freiberufler ohne regelmäßiges Einkommen auf dem Wohnungsmarkt ohnehin nicht leicht hatte.

Vielleicht konnte sie für eine Weile bei einer Freundin oder Kollegin unterkommen? Noch hatte sie sich nicht durchringen können, eine zu kontaktieren. Das konnte ja auch nur eine befristete Lösung sein, nicht auf Dauer. Zunächst brauchte sie also eine langfristige Perspektive, doch die lag momentan in weiter Ferne. Für den Augenblick blieb ihr also nichts anderes übrig, als in Amies Haus zu bleiben, wenn sie nicht obdachlos werden wollte. Und angesichts des walisischen Klimas war sie darauf nicht besonders scharf.

Amies Haus. So nannte sie dieses Haus inzwischen. Sie war naiv gewesen, zu denken, es sei ihr Haus. Das war es nicht. War es nie gewesen. Schon vor ihrer Ankunft war dieses Haus besetzt gewesen. Von Amie. Und Amie schien eindeutig nicht bereit, ihr Haus kampflos aufzugeben oder mit Julie zu teilen.

Julie hatte das alte Buch über die Gwyllion mit in ihr Schlafzimmer genommen und wollte es noch einmal ganz genau nach Hinweisen studieren, wie man eine Gwyll loswerden konnte. Wenn sie in dem Buch dazu etwas fand, würde sie einen Versuch unternehmen. Aber nur einen. Sollte der fehlschlagen, wäre mit Amie wohl endgültig nicht mehr zu spaßen und Julie sollte sich dann schleunigst vom Acker machen.

Und natürlich hatte sie immer noch keine Ahnung, ob Amie überhaupt eine Gwyll war oder irgendeine andere Art von Geist. Welche Arten von Geistern gab es überhaupt? Poltergeister, klar. Aber sonst? Sie hatte keinen blassen Schimmer.

Mehrere Stunden lang ging Julie das Buch nach eventuellen Hinweisen durch und notiertes ich alles, was möglicherweise hilfreich sein konnte. Da sich das Buch aber wirklich nur auf die Gwyllion beschränkte, würde sie sich noch ein allgemeineres Buch über Geister besorgen müssen – und vor allem darüber, wie man sie loswurde. Bestimmt gab es auch zu diesem Thema ausreichend Literatur in der Bibliothek.

Sie war so auf ihre Recherche konzentriert, dass sie ihre Umgebung völlig ausblendete. Als sie doch einmal kurz aufblickte, nahm sie im Augenwinkel eine langsame Bewegung

wahr. Die Doppeltür des in die Wand einge-
bauten Kleiderschrankes öffneten sich wie von
Geisterhand. Nein, nicht *wie* von Geisterhand.
Sie öffneten sich tatsächlich von Geisterhand.
Amie brauchte offenbar wieder Aufmerksam-
keit.

Natürlich hätte sie es einfach ignorieren können, aber offenstehende Türen hatte sie noch
nie leiden können. Vielleicht lag das an ihrem
angeborenen Ordnungsdrang. Sie war immerhin Sternzeichen Jungfrau. Also stand sie auf
und schloss die Schranktüren wieder. Doch
kaum hatte sie sich wieder aufs Bett gesetzt,
standen sie schon wieder offen. Dieses Spiel
wiederholte sich mehrere Male bis Julie genug
davon hatte. Sie kramte aus der Kommode ihrer verstorbenen Großtante eine alte
Feinstrumpfhose und knotete diese so um die
Türgriffe der Schranktüren, dass diese nicht
mehr zu öffnen waren. Julie grinste zufrieden.

Amie hingegen war von dieser Maßnahme gar nicht begeistert. Scheppernd fiel eines der gerahmten Bilder von der Wand.

»Wenn du meinst...«, sagte Julie nur schulterzuckend und ignorierte die beiden weiteren Bilder, die kurz nacheinander ebenfalls von der Wand fielen. Die hatten ihr sowieso nicht gefallen. Sollte Amie sie also ruhig kaputtmachen.

Bei einem Blick zum Fenster stellte sie fest, dass draußen bereits stockdunkle Nacht herrschte. In den letzten Tagen, die sie größtenteils im Schlafzimmer verbarrikadiert verbracht hatte, hatte sie völlig das Zeitgefühl verloren und lebte ohne jede Struktur vor sich hin.

Vom langen Lesen schwirrte ihr jetzt der Kopf, ihre Augen waren überanstrengt und nach längerer Zeit im Schneidersitz waren ihr beide Beine eingeschlafen und kribbelten unangenehm. Gähnend legte Julie das schwere

Buch beiseite und stand auf, um sich zu dehnen und zu strecken. Sie beschloss ein wenig fernzusehen und blieb bei einer Reisedokumentation im ersten Programm hängen, die sie sich noch ansah, ehe sie das Licht löschte und zum ersten Mal seit Tagen wieder tief und fest schlief. Entweder war das einfach dem Schlafmangel geschuldet oder es stimmte, dass man sich an alles gewöhnte. Vielleicht auch an wütende Geister.

Gellende, hohe Schreie weckten sie. Julie schreckte panisch aus dem Schlaf und sah sich alarmiert um. Die Schreie kamen aus dem Fernseher. Aus dem Fernseher, den sie einige Stunden zuvor ausgeschaltet hatte. Da war sie sich hundertprozentig sicher. Jetzt lief er wieder und noch dazu auf einem ganz anderen Programm, als dem, das Julie zuletzt ausgewählt hatte. Das erste Programm hatte eine

Themennacht und hatte damit geworben, dass dort die ganze Nacht über eine Reisedoku nach der anderen laufen würde. Doch was jetzt gerade über den Bildschirm flimmerte, war weder das erste Programm noch eine Reisedoku. Sie erkannte den Horrorfilm sofort. Es war *The Ring* und zwar ausgerechnet die Szene, in der der Geist des toten Mädchens aus dem Fernseher stieg. Die hatte sie schon immer besonders gruselig gefunden. Zwar stieg bei ihr nichts und niemand aus dem Fernseher, doch es gab eine andere Parallele zum Film: Das nicht angeschlossene Telefon im Erdgeschoss klingelte. Und zwar so laut, dass sie es bis ins Schlafzimmer hören konnte. Julie erstarrte und krallte ängstlich die Hände in die Bettdecke. Sie fürchtete sich gerade so sehr, dass sie nicht einmal schreien konnte. Eines stand fest: Egal wie lange dieses Telefon klingelte, sie würde auf gar keinen Fall den Hörer abnehmen. Sobald sie die erste Schockstarre überwunden hatte, sprang sie aus dem Bett und schaltete den Fernseher ab. Gleichzeitig mit den Schreien verstummte auch das Telefon. Aber wieso waren da überhaupt Schreie gewesen? Julie hatte den Film mehrmals gesehen. In dieser Szene schrie niemand und schon gar keine Frau. Jedes einzelne Härchen an ihrem Körper stellte sich auf.

Noch während Julie versuchte, diese ganze Situation zu begreifen, klopfte es an ihre Tür. Einmal, zweimal, dreimal, viermal. Das Klopfen wurde mit jedem Mal lauter und nachdrücklicher und schließlich sogar richtig wütend. Julie rührte sich nicht von der Stelle. Nach einer Weile verstummte das Klopfen und für einen Augenblick war es still, bevor dann aggressiv an der Tür gerüttelt wurde. Zum Glück hatte sie wieder die schwere Kommode davorgeschoben!

»Geh weg!«, rief sie zittrig und tatsächlich hörte das Rütteln auf.

Da tauchte im Türspalt, ganz rechts, in dem kleinen Stück, das nicht von der Kommode verdeckt wurde, etwas Weißes auf. Ein Stück Papier, das unter der Tür durchgeschoben wurde. Langsam und so lautlos wie möglich schlich Julie zur Tür, streckte die Hand nach dem Zettel aus und riss ihn mit einer schnellen Bewegung an sich. Wie sie schon erwartet hatte, stand auf dem Zettel wieder nur ein einziges Wort: *RAUS!*

Sie zerriss ihn in tausend Stücke und warf die Fetzen in das Feuer, das noch einen letzten Rest Glut hatte. Auf der anderen Seite der Tür erklang ein wütendes Heulen, das immer lauter anschwoll. Julie presste sich die Hände auf die Ohren bis es endlich verstummte. Danach war endgültig Ruhe. Hatte sie etwa diese Runde gegen Amie gewonnen? So richtig konnte sie das nicht glauben. Der Knoten in ihrem Magen wurde größer. Sie hatte kein gutes Gefühl. Wieder einmal sagte sie sich, dass sie schleunigst ausziehen musste, ehe es zu spät war.

Moment mal! *Ehe es zu spät war?* Dieser Gedanke war neu, und er erschreckte sie. Aber wenn sie genauer darüber nachdachte, entsprach er ihrem Bauchgefühl. Irgendetwas sagte ihr, dass es kein gutes Ende nehmen würde, wenn sie das Haus nicht aufgab. Amie würde sie nicht in Ruhe lassen und es würde auch keinen Kompromiss geben. Hier konnte nur eine von ihnen gewinnen und Julie hatte das ungute Gefühl, dass nicht sie es sein würde. Sie sollte sich also besser beeilen, wenn sie herausfinden wollte, ob und wie sie Amie loswerden konnte.

Als es draußen endlich hell wurde, nahm Julie all ihren Mut zusammen und traute sich, das Schlafzimmer zu verlassen. Sie ließ sich eine Pizza Tonno und eine Flasche Weißwein liefern – die erste richtige Mahlzeit seit Tagen, und sie genoss sie ihn vollen Zügen. Sie stopfte die Pizza in Rekordgeschwindigkeit in sich hinein und merkte erst jetzt, wie ausgehungert sie wirklich war. Auch den Wein stürzte sie viel zu schnell hinunter, sodass ihr etwas schummrig wurde. Das mochte aber vielleicht auch daran liegen, dass es noch früh am Morgen war. Sie hatte offenbar Glück gehabt und einen 24-Stunden Lieferdienst erwischt. Da sie nun schon seit einer ganzen Weile keinen geregelten Tagesablauf mehr gehabt hatte, hatte sie keinen Gedanken daran verschwendet, dass Pizza und Wein kein ideales Frühstück waren. Sie hatte einfach Lust darauf gehabt und beides bestellt, ohne darüber nachzudenken.

Ihr kleiner Schwips hielt sie aber nicht davon ab, sämtliche noch unerforschten Zimmer des Hauses auf den Kopf zu stellen. Sie suchte nach Hinweisen über Amie, doch sie fand nichts. Keinen einzigen Hinweis. Nichts deutete darauf hin, dass in diesem Haus einmal ein Mädchen oder eine Frau Namens Amie gewohnt hatte.

Sie fand weitere Fotos von den Zwillingen, die auf dem Foto im Gesellschaftszimmer abgebildet gewesen waren, das Amie wütend gegen die Wand geworfen hatte. Julie ging jedenfalls davon aus, dass das Amie gewesen war. Sie wollte sich wirklich nicht vorstellen, dass es hier mehr als einen aggressiven Geist gab. Einer war schon mehr als genug.

Einige der Fotos waren beschriftet und so erfuhr Julie, dass auch keines der Zwillingsmädchen Amie geheißen hatte und anhand eines Familienstammbaums konnte sie ebenfalls ausschließen, dass eine von beiden eines frühen oder unnatürlichen Todes gestorben war. Ihre Vermutung, dass Amie der Geist eines dieser Zwillingsmädchen sein könnte, schien sich nicht zu bestätigen. Eine andere Idee hatte sie nicht. Frustriert zermarterte sie sich das Gehirn nach einer anderen Theorie, die sie verfolgen konnte, doch nichts schien ihr auch nur annähernd plausibel. Sie schob das erst einmal beiseite und ging stattdessen in die Bibliothek, um sich nach Büchern umzusehen, die sich mit Geistern im Allgemeinen und möglichen Exorzismen beschäftigten. Wie erwartet wurde sie fündig, suchte sich das Buch aus, das ihr am vielversprechendsten schien, und setzte sich damit in den abgewetzten Ohrensessel.

Dem Buch entnahm sie, dass es erstaunlich viele verschiedene Geistwesen gab. Da gab es einerseits gute Geister wie Schutzgeister, Naturgeister, Tiergeister und Himmelsgeister.

Diesen waren die ersten Kapitel des Buches gewidmet, die Julie aber übersprang, da Amie ganz eindeutig nicht zu diesen gutmütigen Geistern zählte.

Danach folgten Kapitel über Klagegeister, Orbs, Gespenster und andere Erscheinungen, die auch nicht allzu gefährlich klangen und auch nicht als aggressiv beschrieben wurde. Auch diese konnte Julie wohl ausschließen.

Der letzte Teil des Buches widmete sich den weitaus besorgniserregenderen Vertretern aus dem Jenseits: Alps, Poltergeistern und Dämonen. Doch auch deren Beschreibungen schienen nicht so recht auf Amie zu passen. Eine Gwyll war sie wohl ebenfalls nicht, wenn Julie den Erklärungen glauben konnte, die sie zu dieser Gattung gefunden hatte. Es war wie die Suche nach der Nadel im Heuhaufen. Keine guten Voraussetzungen, dachte Julie, denn sie hatte ausgeprägten Heuschnupfen. Über diesen albernen Gedanken musste sie lachen. Immerhin hatte sie ihren Humor noch nicht verloren.

Aus heiterem Himmel fiel ihr ein, dass sie Siyah heute noch gar nicht gefüttert hatte. Die Arme wartete sicher schon sehnlichst auf ihr Frühstück. Immer zwei Stufen auf einmal nehmend eilte Julie die Treppe ins Erdgeschoss hinunter.

»Siyah!«, rief sie gurrend nach ihrer Katze, die sich jedoch nicht blicken ließ. Wahrscheinlich hatte sie keine Lust gehabt, noch länger auf ihr Futter zu warten, und war durch das einen Spalt breit geöffnete Fenster ausgebüxt, um sich im Garten eine Maus zum Frühstück zu besorgen. Selbst war die Katze. Sie würde ihr trotzdem Futter in den Napf füllen. Vielleicht wollte sie später ja doch noch etwas haben.

Doch Julie setzte nur einen Fuß in die Küche, schlug entsetzt die Hände vor den Mund und stolperte rückwärts zurück in den Flur.

Jedes einzelne Messer, das in diesem Haus zu finden war – große und kleine, Brotmesser und Gemüsemesser, Steakmesser und Geflügelmesser, alles was eine scharfe Klinge hatte – lag fein säuberlich aufgereiht nebeneinander auf der Arbeitsplatte und alle Messerspitzen deuteten auf sie. Julie verstand die Warnung nur zu gut. Es gab keinen Zweifel. Das war eine eindeutige Drohung. Amie hatte die nächste Runde ihres Kampfes eingeläutet und diesmal meinte sie es ernst.

Der Anblick der Messer machte Julie wirklich Angst. Sie riss alle Schubladen auf und stopfte sämtliche Messer unsortiert hinein. Hauptsache sie waren ihr aus den Augen. Anschließend atmete sie erleichtert auf. Sie fühlte sich schon gleich etwas besser.

Julie beschloss, die Badewanne im Hauptbadezimmer einzuweihen. Sie musste sich beruhigen und was konnte es da Besseres geben als ein entspannendes Vollbad? Gesagt, getan. Sie ließ heißes Wasser ein und gab einen guten Schuss des Lavendelölbads hinzu, das auf einem Tischchen neben der Badewanne stand. Sie suchte Duschgel, Shampoo und Bodylotion zusammen, sowie ein kuscheliges Badetuch, und legte auch schon den etwas betagten Fön bereit, der sich anhand eines kurzen Tests als noch funktionstüchtig erwies. Dann zündete sie die Kerzen an, die auf dem Fensterbrett standen, sodass sie sie von der Badewanne aus sehen konnte; ebenso die Kerzen in dem schönen alten Kerzenleuchter, der neben dem Badeöl stand. Sie schälte sich aus ihren Klamotten und stieg genüsslich in die Wanne.

Es war einfach himmlisch! Julie schloss die Augen und tauchte komplett unter. Sie blieb unter Wasser solange sie die Luft anhalten konnte; erst als ihr der Atem knapp wurde, tauchte sie wieder auf und wischte sich den Schaum aus den Augen. Und da hörte sie es. Da war wieder dieses Pfeifen, dieses Lied. Ganz in der Nähe.

»Ich bin hier.«, sagte eine Stimme und Julies Blick schoss sofort in die Richtung, aus der die Worte kamen. Amie war nicht zu übersehen. Sie blickte ihr aus dem verschnörkelten Ganzkörperspiegel entgegen, der gegenüber der Badewanne, direkt neben dem Fenster stand. Und Amie sah genauso aus wie sie selbst, Julie. Wie war das möglich? Sah sie vielleicht ihr eigenes Spiegelbild und bildete sich die Stimme nur ein? Aber nein, das war unmöglich. Sie selbst saß ja tropfnass und nackt in der Badewanne, während Amie ihr angezogen und trocken aus dem Spiegel entgegenblickte.

»Was willst du? Warum lässt du mich nicht einfach in Ruhe?«, fragte Julie kläglich. Sie hätte nicht sagen können warum, aber Amies völlig ausdrucksloses Gesicht machte ihr Angst. Große Angst.

»Ich will hier raus. Lass mich einfach raus und ich verspreche dir, du siehst mich nie wieder.«, lautete Amies überraschende Antwort.

Darauf war Julie noch gar nicht gekommen, aber jetzt ging ihr ein Licht auf.

»Moment mal. DU willst raus? Du? Es ging die ganze Zeit über um dich? Ich dachte du meintest mich, dass ICH verschwinden soll, raus aus dem Haus. Dabei meintest du mit RAUS die ganze Zeit, dass DU raus willst?!«

»Endlich hast du es verstanden.«, erwiderte Amie ungerührt. »Das hat ja lange genug gedauert. Dachtest du wirklich ich interessiere mich für dich? Du interessierst mich nicht. Ich will einfach nur hier raus, alles andere ist mir egal. Vor allem du. Du bist einfach nur völlig durchgeknallt. Du solltest dich in Behandlung begeben!«

Diese letzten beiden Sätze legten bei Julie einen Schalter um.

»Halt den Mund! Halt sofort deinen Mund!«, kreischte sie so laut sie konnte. »Ich bin nicht verrückt! Hast du mich verstanden? ICH BIN NICHT VERRÜCKT!«

Sie griff nach dem erstbesten Gegenstand - zufällig der schwere, silberne Kerzenleuchter – und schleuderte ihn mit ganzer Kraft in Amies Richtung. Es klirrte und schepperte als er sein Ziel traf und der Spiegel in eine Million Scherben zersprang.

»Danke!«, lachte Amie ein hämisches Lachen. »Geht doch. Warum nicht gleich so?«

Julie sah Amies zu einer Fratze verzerrtes Gesicht in einer Spiegelscherbe. Amie winkte

ihr zu, wobei sie ihren Arm aus dem zerbroche-
nen Spiegel herausstreckte.

»Schau mal!«, sagte Amie und zeigte auf etwas. Julie folgte Amies Fingerzeig und erblickte den Fön, der auf dem Rand der Badewanne lag – und der Stecker steckte in der
Steckdose!

NEIN!!!!!

Hatte sie den Fön etwa selbst dort abgelegt?
Nein, auf gar keinen Fall. Das hätte sie nie getan. Amie musste das getan haben.

»Auf Wiedersehen, du Irre!«, lachte Amie
wieder.

Julies Blick klebte auf dem Fön. Gerade als
sie sich vorbeugen und die Situation entschär-
fen wollte, sah sie wie der Fön in Zeitlupe vom
Wannenrand rutschte und ins Badewasser fiel.

Julie schrie – und dann sah sie gar nichts
mehr.

+++ **EILMELDUNG** +++

»Die vor einigen Tagen aus der Psychiatrischen Klinik in Cardiff geflohene Patientin wurde heute in der Badewanne eines baufälligen Hauses in einer abgelegenen Region von Wales leblos aufgefunden. Ersten Ermittlungen zufolge hat sie offenbar mithilfe eines Föns Selbstmord begangen. Fremdeinwirkung schließen die Ermittler aus. Die Verstorbene war seit Jahren aufgrund einer schweren Schizophrenie, einhergehend mit stark ausgeprägtem Verfolgungswahn, in der geschlossenen Abteilung der Klinik in Behandlung. Wie sie diese unbemerkt verlassen konnte und welchen Bezug sie zu dem verfallenen Haus hat, ist weiterhin unklar. Der Leiter der Klinik musste aufgrund des Skandals zurücktreten.«